下部川　源泉館の坂下にて　石井彰氏撮影

井伏鱒二（いぶせ・ますじ）

1898年広島県生まれ。早稲田大学文学部中退。本名、満寿二。中学時代は画家を志したが、その後志望を文学に変え、のちに『山椒魚』と改題した事実上の処女作『幽閉』を1923年に発表し、小説家としての道を歩み始める。

1938年『ジョン万次郎漂流記』で直木賞、1950年『本日休診』他により読売文学賞、
1966年『黒い雨』で野間文芸賞など受賞多数。

1966年、文化勲章を受章。1993年6月死去、95歳。

翻訳にヒュー・ロフティング『ドリトル先生物語』（岩波書店）がある。

釣り好きとしても知られ、釣りにまつわるエッセイも多数。また、太宰治の文学上の師でもある。

于武陵の漢詩「勧酒」（勧君金屈巵　満酌不須辞　花發多風雨　人生足別離）の翻訳は名訳として愛された。

この杯を受けてくれ
どうぞなみなみ注がしておくれ
花に嵐のたとえもあるぞ
さよならだけが人生だ

場面の効果

井伏鱒二

大和書房

目次

3

4

1

田園記

いま私は田舎の家に帰っている。庭木の枝をおろしたり、土塀にからまっている蔦をむしりとったり、井戸の水を飲んだりして、とにかく私としては平和な生活を送っている。

ここではお盆が九月だというので、昨日は藪の青竹を切って墓地の花たてをつくった。一時間もかかって鋸の目をたて、それから夕方ちかくまで費して花たてを全部そろえることができた。今日は手のひらが痛むので、倉の二階にあがって親父の本箱を見つけ、いったい親父はどんな書物を読んでいたのだろうかと物色した。父は青年時代に、いまの言葉でいえばそのころの文学青年であったというのだが、この田舎で愛児の養育に没頭し、愛児の一人である私がまだ六つのときに父は死んだのである。遺言書には漢文で、子供たちには決して文学をさしてはいけない、正業に就かすようにと書いている。私は中学生のときそれを祖父から見せられた。

私は父の本箱にゲーテやシェクスピアの作品など蔵ってあればいいと思いながら、鍵のかかっている本箱の蓋をあけた。そこには昆虫の標本やパーレー万国史やカラフトのない日本地図や、とりわけなさけなく思われる病中日記などが蔵ってあった。日記には「――月日。文夫をつれて朝八時に発つ。昼ころ、鞆之津に着く。発熱……」などという個所があった。文夫というのは私の実兄のことで、私たち兄弟でなくては読んでもすべて感じの起りそうもない日記文であった。

もう一つの細長い本箱に蔵ってある中身も、文学的には興味の乏しいものばかりであった。この本箱には主に手紙の束がはいっていた。私は尾崎紅葉の手紙か坪内逍遥の筆蹟でもないかと綿密にしらべたが、私にはちっともゆかりのない妹尾吟一郎とか野口寧斎とか末松某とかいう人の手紙があった。筆蹟だけは達者な手紙である。文学的に見て、父はそのころでも時代に後れていた青年であったろうと思わなければならなかった。妹尾吟一郎という人の手紙が一ばん沢山あった。それによると、父は妹尾吟一郎と親友の誓を結ぶために、吟一郎に和歌や漢詩をデジケイトした形跡がある。また末松某なる人に、時候見舞を述べるついでをもって書留小包で寒桃を贈っている。私は妹尾吟一郎や末松某が、はたしてどんな人であったか知らないのである。あるいは明治調の俗物であったかもわからない。もしそうだったらと案じられ、私は倉の二階で、ひとり肩身のせまい思いをするのであった。

私は倉の窓から息ぬき（新鮮な空気を吸うこと）をした。窓から見える往還を、珍しいことに氷みずの行商人が「氷、氷、寒氷《かんこおり》」と呼びながら歩いていた。私が子供のとき、夏休みには、一週間に一度ぐらいの割で、氷の行商人が村にやって来たものであった。私の母はときどき私に氷みずを買ってくれたが、たいてい私は川へ遊びに行って夕方まで帰らないことが多かった。せっかく母が大事に鼠入らずに入れておく氷みずは、夕方までにはコップの底で砂糖みずになっていた。

私は父の本箱から、和綴のノートブックを取出して、かねて私の愛誦していたことのある漢詩が翻訳してあるのを発見した。それは誰が翻訳したのか訳者の名前は書いてなかったが、こまかい字で訳文だけが記されていた。きっと父が参考書から抜書きしたものだろう。漢籍に心得のある人には珍しくない翻訳かもしれないが、ここにすこしばかりそれを抜萃して、その原文も書き写す。但、訳文には私が少し手を入れる。

題袁氏別業

主人不相識
偶坐為林泉
莫謾愁沽酒
囊中自有銭

照鏡見白髪

宿昔青雲志
蹉跎白髪年
誰知明鏡裏
形影自相憐

賀知章

主人ハダレト名ハ知ラネドモ
庭ガミタサニチョトコシカケタ
サケヲ買ウトテオ世話ハムヨウ
ワシガサイフニゼニガアル

張九齢

シュッセシヨウト思ウテイタニ
ドウコウスル間ニトシバカリヨル
ヒトリカガミニウチヨリミレバ
皺ノヨッタヲアワレムバカリ

送朱大入秦

孟浩然

遊人五陵去
宝剣直千金
分手脱相贈
平生一片心

コンドキサマハオ江戸ヘユキヤル
オレガカタナハ千両ドウグ
コレヲシンゼルセンベツニ
ツネノ気性ハコレジャトオモエ

春暁

孟浩然

春眠不覚暁
処処聞啼鳥
夜来風雨声
花落知多少

ハルノネザメノウツツデ聞ケバ
トリノナクネデ目ガサメマシタ
ヨルノアラシニ雨マジリ
散ッタ木ノ花イカホドバカリ

洛陽道

儲光羲

大道直如髪
春日佳気多
五陵貴公子
双双鳴玉珂

ミチハマッスグ先ズ髪スジダ
ドウモ言ワレヌコノ春ゲシキ
ヤシキヤシキノ若トノ衆ガ
サソウクツワノオトリンリント

長安道

儲光羲

鳴鞭過酒肆
袨服遊倡門
百万一時尽
含情無片言

馬ニムチウチサカヤヲスギテ
綾ヤ錦デジョロヤニアソブ
タッタイチヤニセンリョウステテ
カネヲツカッタ顔モセヌ

復愁

万国尚戎馬
故園今奈何
昔皈相識少
蚤已戦場多

逢俠者

燕趙悲歌士
相逢劇孟家
寸心言不尽
前路日将斜

杜甫

ドコモカシコモイクサノサカリ
オレガ在所ハイマドウジャヤラ
ムカシ帰ッタトキニサエ
ズイブン馴染ガウタレタソウナ

銭起

イズレナダイノ顔ヤクタチガ
トモニカタラウ文七ガイエ
ダテナハナシノマダ最中ニ
マエノチマタハ日ガクレル

答李澣

韋応物

林中観易罷
渓上対鷗間
楚俗饒詞客
何人最往還

ヤマニカクレテ易ミルヒトハ
タニノカモメト静カニクラス
ココノ国ニハ詩人ガ多イ
タレガトリワケ来テアソブ

聞雁

韋応物

故園眇何処
帰思方悠哉
淮南秋雨夜
高斎聞雁来

ワシガ故郷ハハルカニ遠イ
帰リタイノハカギリモナイゾ
アキノ夜スガラサビシイアメニ
ヤクショデ雁ノ声ヲキク

――この翻訳の調子には多量に卑俗な感じが含まれていて、まだまだ訂正したいところもある。人力車に乗って口ずさむためのものかもしれない。ずいぶん昔の人が口ずさんだ唄の調子で口ずさむのだろう。

今日、私は太い青竹の切れっぱしで鰻をとる道具を作った。夕方になって谷川の流れにその道具を仕掛けておいたので、夜があけたら行ってみようと思っている。竹の筒の節をぬいて、いったん鰻がそのなかにはいると外に出られないような仕組になっている。伝統的な一種の漁具なのである。

（昭和八年）

書画骨董の災難

私は自分の引きたたない風采や容貌のことは、あまり気にしないようにしたいと思っているが、私がインバネスを着てソフトをかぶっている様子は、私の祖父（最近死去）の風采そっくりに見える。私は子供のときから、自分の祖父くらい気がきかない風采の人はすくないと思っていた。ところが最近では、頤鬚の生え工合から煙草をすう手つきにいたるまで祖父に似て来たようで味気ない。

私の祖父は頑固だと人にいわれるのを自慢しながら頑固にしていたので、したがって誰も祖父に誤謬を改正さしてやることができなかった。新聞を読むときなどにも、漢詩を朗読する場合と同様に抑揚をつけて朗読した。かつて私といっしょに汽車で旅行したときにも、祖父は声に出して新聞を読み、私の案じていた通り、新聞記事の迷子が警察で母親に会いたいといって泣いた記事になると、涙声になって実際に泣きながらその記事を読んだ。これは祖父の不断からの癖であった。感動させられる記事になると、直ぐに泣声で読む慣わしであった。親孝行とか博愛とか、そういう倫理的な事件を扱った記事が、一ばん祖父を感動させていた。

祖父はつまらない書画骨董を買って来て、蔵っておく癖があった。それも書画類は、贋でなくては承知できなかったかと思われるほど贋ばかり買い、訪問客があると、そんながらくたを出して来て部屋に並べて見せる癖があった。訪問客が容易にその品物を讃めないと、祖父は自分でその品物を讃めた。

この悪癖には、私のうちのものもずいぶん辟易していた。一昨年の冬、私が田舎のうちに帰っていたとき、祖父のこの悪癖のために意外な事件があった。そのころ度量衡の検査をする役人が村役場に出張して来て、枡と秤を村役場に持って来いと命令した。ところが私たちの知らない間に、骨董自慢の祖父は、かねがね煙草盆に用いていた古い枡や、飴色に光っている小さい枡や、秤竿にオランダ語で銀色の字がある古い秤などを、日常使用する正確な枡と秤に添え、使いのものに持たしてやったのである。ところが使いのものは血相かえて役場から帰って来て、

「私は役人に顔を殴られました。早く責任者を呼んで来いと言いました。」

と報告した。そして煙草盆の枡や秤は役人のために没収されてしまうかもしれないと

言った。つづいて役場の吏員が駈けつけて来て、まことにお気の毒なことになったが、度量衡の検査官は非常に立腹して莫大な罰金をとると言っていると報告した。たいへんな騒ぎである。どうして聞きつけたか近所の人たちも不安な顔で続々やってきて、見舞の言葉を述べ、検査官を買収したらどうかと助言してくれるものもあった。

祖父は煙草盆や秤を役人に讃めてもらえなかったばかりでなく、それ等の品物を没収され罰金の刑に処せられようとしていることに気がついて、座敷のまんなかに坐り、家の名誉を傷つけるようなことをしでかして全く面目ないと言った。そして両手で頭を抱え、その両手の肘を膝の上に置いた。非常に年よりでなくてはそういう姿勢になるのは困難なのであって、これは人間が閉口してしまったときの代表的な一つのポーズである。

私は役場に出かけて行き、度量衡の検査官に面会を求めた。年の若い役人であった。かれは机の上に白い手袋を置き、私が骨董好きの老人の家庭のものだと知ると、

「検査官を愚弄してはいかん。」

と言った。そして秤竿を私の鼻の先に持って来て、

「さきほどから当役場の諸君が証明されたによって、大体のことはわかったが、こういう骨董品を持って来るのは、われわれ事務官を愚弄することだ。今度だけは許す。」

そう言って、その秤や煙草盆や枡やその他のものを机の上にならべ、私に始末書を書けと命令した。

これでこの事件はおさまりがついたが、それからというものは祖父は書画や骨董品を決して人に見せようとしなかった。始末書に実印をおすときには、幾度となく躊躇して、こんな不名誉のことをしでかして一生を台なしにしたなどと呟いていた。その後は全く悄気てしまって、はたの見る目も気の毒であった。間もなく胃腸を悪くして二三年後に老衰で死んだのである。

（昭和八年）

夏の狐

このごろでもまだ田舎には狐にだまされる娘がいるかどうか、私は郷里の人に問いあわせの手紙を出した。

「(前略) 夏になると嫁入り前の娘が狐にだまされて山の中を駈けまわり、みんなでそれを追いかけて行くのを僕は覚えています。嫁入り前の娘が狐にだまされたのを僕は子供のとき見ました。狐にだまされた娘は、とても逃げるのが上手で急な坂でも平気で駈けのぼり、崖のようなところでも平気でおりて行ったりしているように見えました。だから追いかけて行っても捉えることができないし、結局は自然の成りゆきにまかすよりほかはなかった。たいてい真夏のころであったように記憶していますが、このごろでも矢張り狐にだまされる娘がいますか。」

狐にだまされた娘は、どの娘も良い着物をきているのであった。コビキ屋の娘は、揚げをした袴をはいていた。水車屋の娘は洗い髪にしていた。いずれも気のきいた風俗と思われていた。彼女たちは無鉄砲に山のなかを駈けまわるので、着物は鉤裂きになり帯は地面に引きずって、なんとも言えない刺戟的な様子に見えた。山の峰の崖の上に立って泣いている彼女を見つけた人が、捉まえようとして近づくと彼女は崖の端から巧妙に滑りおりて、その姿は木の茂っているところに隠れ、いつの間にか向うの山の峰に現われ、それから今度は別の山の峰に現われる。その出没は自在を極め、地の底の磁力仕掛によって四方八方に動きまわっているかのようである。真夏の深山は涼しくて気持がいいが、そこにはそういう磁力仕掛の妖気が発生しているのかもしれない。

彼女を追いかける人は四五人ずつ組になって、手分けして彼女を四方からとりかこみ、彼女を生捕りにしようとする。兎網を持っている人もいるし、猟銃を持っている人もいる。無論、彼女に向けて発砲するつもりはないが、追跡する人の意気込みからしてみれば鉄砲くらい持って行くのは当然であろう。彼等は一つの山をとりかこみ、互に連絡をとりながら山の峰にむかって突撃する。それは狐にだまされた娘を救い出したい一心にほかならない。部落の連中一同、こんなに気ごころを合せて大騒ぎするのは珍しい。けれども狐にだまされた娘は風のように正体を消し、いっこうに捉まらないのである。

ところが郷里の人は私の問いあわせに対して、腑に落ちない返事をよこした。

「拝復。今年も早魃、凶歳のおもむきに候。先日、井戸がえをしていたら、お前さまが子供のとき玩具にしていた水晶二個、井戸の底より現われ申候。冷たい井戸のなかに沈めておくと、水晶に子が生じるとお前さまは思ったのだろうと、お前さまの母上が申され候。さて狐つきの女の件、小生にはその騒ぎを見た記憶これなく、何かの思いちがいかお前さまの子供のときの空想にすぎないのではないかと拝察仕り候。」

私は狐にだまされた娘の一種野性味ある姿をはっきり覚えている。深山口谷のオキチが狐にだまされたときには、幼年の私は壮年の山根七郎に負ぶさって、オキチを追いまわす人たちの群に加わっていた。


（昭和八年）

肩車

しばらくだったね。どれどれ、久しぶりに俺が肩車してやろうかね。——私の父の言葉。

私の父は私が六つのときに亡くなった。生きていればもう七十ちかくの老人である。思うに私はいま往来で行き会っても、その顔を見忘れてはいないだろうという自信がある。顔かたちだけでなく、後姿の恰好や感じなども覚えている。ただ一つ、どうしても思い出せないのは声である。しかし今年の春、或る夜のこと私は夢を見て、大体においてその声を想像することができた。

私が麦畑のそばに立っていると、父がやって来て肩車してくれるという他愛ない夢であった。

「しばらくだったね。どれどれ、久しぶりに俺が肩車してやろうかね。」

遠くきこえるラジオの音響のような声であった。また、私自身の声にも似ているようであった。

本来なら、私は肩車などしてもらうわけには行かないが、夢だからそのとき私は都合よく小さな子供に変じていた。私が「あぶない、あぶない」と言っている間に、私は父の肩に乗せられてしまった。青麦の畑が遠くまで続き、山のいただきに大木の梢の枯れたのが見えた。しかし、私の膝に一陣の風があたったかと思うと、その夢は消えて目がさめた。

これは私の夢として、最上級のいい方の夢に属すると思う。ほんの束の間ではあるけれど、小さな子供に変じたときの、からりとした気持はまた格別であった。麦の葉も風にそよいでいたことだろう。私の着物は、がばがばするほど糊がよくきいていたし、いつものように肩あげがほころびたりしていなかった。私は父の肩から落ちたらあぶないと思って、父の頭によく摑まろうとした。落ちさえしなければこんな痛快なことはない。肩車してもらっている子供というものは、半ば笑い出しそうに半ば真面目くさった顔をしている。

しかし楽しい夢となると直ぐに消えるのが原則だろう。私は夢からさめると、やはり夢だったかと気がついて、「しばらくだったね。どれどれ、久しぶりに俺が……」というその言葉を繰返し諳誦した。当分これは記憶していようと思ったのである。

私のうちの小児は当年六つである。私の六つのときと比較して、彼はさほど父親を慕ってはいないかのように見える。私が子供を愛撫する技巧に乏しく、なにかにつけ母親まかせにしているからだろう。私は子供と遊んでいると、二十分間もたたない間に気疲れしてしまう。子供を見ていると、子供は三輪車の曲乗りをする。危く木にぶつかりそうになる。ころびそうになる。気が気ではなく、全く気疲れしてしまう。子供のお守はごめん蒙りたい。それにしても、たまには肩車のようなこともしてやりたいものである。

肩車の夢からさめた後、私も子供のために肩車をしてやろうと考えた。ところがその翌朝は、愚妻が庭で子供を叱っている声で私は目をさました。起きて行って、どうしたんだとたずねると、

「子供が百日紅の皮をみんなむいちゃいました。」

と言う。見れば、庭の百日紅が根もとから三尺くらいの高さまで、樹皮をみんな剝ぎとられていた。子供はその木のそばに行って母親に叱られながら、剝脱した皮を一枚ずつもとのように、唾でもって幹に貼りつけようとしている。

「そんなことをしたって、その傷はつくろえるもんじゃない。」

子供はふりむいて私の顔をじっと見た。目ばたきしないで私を見つめている。その目から涙があふれて頬をつたわり、一つぶずつスエッタアにしみこむのである。

「なぜ、そんなに木を痛めるんだね。」

私が睨んでみせると、

「よっちゃんが、こんなにしたんだもの。」

と他人に罪を塗りつけようとする。よっちゃんというのは、近所の福岡さんの七つになる男の子で、同様にいたずらが盛んである。はじめ私が障子をあけたとき、生垣のかげを逃げ出して行った子供はよっちゃんにちがいない。

「しかし、よっちゃんと二人でしたんだろう。」

「うん。」

「それなら、よっちゃんがこんなにしたと言うのではない。よっちゃんがそんなことをすれば、お止しなさいと言うんだよ。」

「うん。」

「これからはそんな悪いことはしないね。」

「しません。」

もう不憫に思ったのか母親が、

「これからはもうしませんね、いい子ですから。」

そう言うと、子供はたちまち甘えて母親をぶつ真似をした。

「よくないぞ。」

私が手荒らなことでもすると思ったのか、母親は急いで子供を抱きあげその場をはずした。肩車などしてやる余地はなかったのである。

私は百日紅を枯らしたくなかったので、皮の剝げた幹とのつりあいから枝を深く刈り込んで、一週間ばかり毎日のように根もとに水をかけた。幸い剝げた部分には、そろそろと薄皮を生じ、根もとから二十本あまりの蘖《ひこばえ》が萌え出た。枝も、反って勢いよく芽をふいた。しかし、あまり刈り込みすぎたせいか今年は花が咲かなかった。去年は咲いたが今年は咲かなかったというのは物足りない。


（昭和十年）

貧乏性

私は幼いとき父親を失ったが、私の父は小遣銭のことをリンセンと言っていた。私に小遣をくれるときにも「さあ、リンセンだ」と言った。「小遣銭にもならない」と言うのは「リンセンにもならん」と言っていた。私は学校に行くようになってから（もうそのころ父は亡くなっていたが）リンセンとは厘銭と書くのだろうと思っていた。小遣銭は、いつも小銭だから厘銭と言うのだろうと思っていた。ところが後年になって、リンセンは零銭と書くのでないかと思うようになった。先年の大戦中、私は徴用でシンガポールに連れて行かれ、たびたび華僑と筆談を取りかわす機会があった。あるとき新々ホテルという料理屋で、華僑のボーイに「随意小酌」という意味を筆談でたずねた。よくシナ料理屋の入口に「随意小酌」と書いた連のようなものをかけてある。その解説を求めると、「ごく軽い気持で零銭をもって軽く飲む」意味だとする回答を得た。私は「零銭」がわからなかった。この発音を筆談でたずねると相手は「リンシェン」と読んだ。

意味の説明を促すと零用銭と書いた。まだ意味がわからなかった。正確を期するために、その店の英語のできる支配人にきくと、カードに“Pocket money”と書いてくれた。

しかし、私の亡父の言っていたリンセンは、リンシェンでなくって厘銭のつもりであったろう。小遣銭といえば必ず五厘くれることにきまっていた。そのころ、五厘あれば温州蜜柑が三つ買えた。魚の釣鉤は五つ買えた。包み煎餅は一つ買えた。この煎餅は三角袋の形になっている。破ると、中から鉛でつくった玩具が出る。箱庭に使う家や太鼓橋などが出た。それから、十二支の動物が何か一つ出ることもあった。私はその鉛製の動物を、子丑寅から戌亥の十二位まで全部そろえて持っていた。

父が亡くなると、リンセンを私にくれるのは祖父だけになった。しかも夏と秋の氏神様の祭礼の日に限られていた。二銭銅貨一つしかくれないが、それでも私は潤沢な気分になることが出来た。その銅貨を湯気の出るほど握りしめて、氏神様の境内まで十五丁ほどの道を一散に駈けて行った。祭を当てこんで、よそから来た菓子屋が玉垣に沿うて屋台店を出している。私は物売台の端に銅貨を置いて、さて、何を買うか目移りがして、出まかせに指差しをする。菓子屋がお菓子と釣銭をくれる。私は着物の揚げにそれを入れ、すぐそこにある石造の狛犬に登って馬乗りになる。嬉しくてたまらない。――これが小学校のころ、祭礼のときにおける私のする慣例であった。

あるとき（尋常二年か三年のとき）学校へ香具師が鯨の見世物を持って来た。鯨を大八車に乗せ、挽子に挽かせてやって来た。さっそく校長が、生徒一同を校庭に集合させて次のように言った。よく覚えないが、こんなような意味であったと記憶する。

「いま、鯨を見せに来た人がいる。長さ七尺有余の鯨である。いま諸氏の見るように、あそこの大八車に天幕をかぶせてあるのがそれである。そこで、学術参考のため諸氏に鯨を一見させたいと考える。見料は一人につき五厘である。しかし諸氏の父兄のうちには、見料を出すことに反対する人があるかもわからない。故に、これからみんな家に帰って、もし父兄が承知するなら五厘もらって、みんな大急ぎで学校に引返して来るべきこと――」

私たちは歓声をあげたいほど喜んだ。みんな、なだれをうって校庭から坂道を降りて行った。（そのころ、学校は小高い岡の上にあった。）学校の近くに自宅のある者も急いで帰って行った。学校から遠い家の者は、無論、大急ぎで帰って行った。学校から私のうちまで十丁あまりの距離である。私は大いに駈けだして、仮名夫（仮名）という同級生と競走で後になり先になりして走った。仮名夫は悲鳴をあげた。

「わしは、どうしたらよいのか。うちに帰っても銭はもらえぬにきまっている。うちには、一厘も銭がない。」

この子のうちは、お袋がいるだけの貧乏屋であった。

仮名夫は言った。

「それでも、わしは諦めぬ。そうだ、急げ。」

私は無我夢中で私のうちに帰って「鯨が来た。リンセン、五厘――」と言った。お袋は事の重大さに驚いた風で、このときばかりは余計なことを言わなかった。すぐにリンセンを出してくれた。

学校へ引返す道は、下り坂だから息ぎれがしなかった。私は帆掛船のように気持よく走った。後から仮名夫が私を追いかけて来て、

「うちにも五厘あった。さあ、急げ。」

と私を追い越して行った。私は他の子供を追い越したり追い越されたりした。

校庭に、全校生みんな学年別に分れて大八車を取り囲んだ。先生たちのそばに、参観者の村長や学務委員や収入役などがいた。先生の号令で、一同、学年別に番号をかけた。欠員は一人もいないことがわかった。

大八車を覆っている天幕は、挽子の手によって取除かれた。感嘆の吐息を出す者がいた。鯨は正に七尺有余あった。かちかちに乾燥していたが、絵で見る鯨と同じような色で決して張子ではなかった。

「諸君、御勉強中のところ、鯨の御見学ねがって光栄であります……」香具師は手に鞭を持って「この鯨は、四国は高知県、土佐の国の沖にて捕獲されましたる鯨にて、これが汐吹く孔……」と香具師は汐吹孔を鞭で示した。それからまた、鯨の大きなものはこの学校の校舎ほどもあると言った。そんな大鯨を一ぴき捕れば七浦栄える、と香具師は言った。しかし説明はそれだけであった。校長先生はそれを物足りないと思ったか、代用教員の先生に鯨に関する説明をさせた。その先生が捕鯨船の話をして、日本人が世界じゅうで一ばん捕鯨が上手だと言ったとき、学務委員が拍手した。

この説明がすむと、香具師は鯨に天幕をかぶせ、挽子に大八車を挽かせて校庭を出て行った。私たちは坂の下までそれを見送って、ぞろぞろとついて行った。たしかに鯨は私たちに何か強い感銘を与えたようであった。

鯨が来た噂は、学校子供の口から村じゅうに知れ渡った。おそらくこれに刺戟されたものと思われるが、それから間もなく、一人の猟師が山で撃ち殺した狐を持って学校へ見世物に来た。山奥から出て来た猟師だろう。袖無をきて、股引に草鞋ばきで鉄砲を持っていた。獲物を町に売りに行く途中のように思われた。

当時、私は狐を珍しい動物だと思っていた。私はまだ狐の鳴声をきいたことも姿を見たこともなかった。その見世物で見たのが最初であった。このときにも見料は五厘均一で、やはり私たちは自宅へお金を取りに行って来た。

猟師は、狐を生きたように加工するために、竹ぎれを四本地面に打ち込んで、狐の脚を一本ずつそれに結びつけていた。首は木の枝で支え、ちょっと後を振向いているように恰好つけられていた。見料を取るのだから、ぐにゃりとしているのでは気がさすのだろう。狐は、曲りなりにも立っているような姿勢を保っていた。猟師は更に風情を添えるため、狐の脚元に枯葉を撒きちらし、尻尾に近寄せて二本か三本か樫の木の枝を地に立てた。

私たちは先生の号令で狐のまわりに集まった。このとき、隣村の高等小学校の生徒たちが先生に引率され隊伍をつくってやって来た。誰か至急連絡して、狐を見に来いと勧誘したのだろう。高等科の生徒たちは私たちの間に割込むと汗を拭いた。

狐は異様な臭気を発散させていた。猟師は狐のそばに立っていたが、校長先生が何か説明するように催促しても尻込みするだけであった。それで、高等科の生徒を引率して来た先生が、狐の習性について説明した。私はその大半を忘れたが、狐が化けるというのは嘘だと力説されたのを覚えている。狐が人間に砂をかけるのは本当だと言ったのを覚えている。その程度のことしか記憶にない。高等科の先生は、説明が終ると「何か質問があるか」と言った。誰か質問したようにも覚えるが、その質問応答は忘れてしまった。猟師は鉄砲を肩にかけて、初めから終りまで、むっつり顔で立っていた。

さて、そのときから、もう四十年の年月がたった。今では私にリンセンをくれる人が一人もない。父、祖母、祖父、兄、という順に、年月のたつうちに亡くなって、いま私の生家にいる年長者は老母だけである。私は今ではもう母にリンセンをねだらない。母もリンセンを私にねだらない。但、今年は亡父の五十四年にあたる。その墓石がまだ出来ていないので、母と私でお金を出しあわして墓をつくることにした。私は自分のリンセンを一とまとめにして墓石製造費の一部を負担する約束をした。合力者の有無は別として、墓石を立てる義務をずいぶん永くうっちゃっていたものである。

母の言うには、もう五十何年前、父が亡くなったときに夫婦墓を立てるつもりであった。これは祖父の提案であった。その祖父が二十五年前に亡くなって、家督を私の兄がつぐと目に見えて家が左前になって来た。この兄貴は部落内の積立貯金の計算簿をつけるにも、一銭でも二銭でも計算があわないと初めからやりなおした。夜が更けても幾度でもやりなおした。一銭二銭の違いなら、自弁で帳尻を合わしても事が足りるのに、些細のことに精力を費い御破算をくりかえして計算をする。私は、たまに生家に帰ったときそれを見て、傍にいてもじれったくてならなかった。あるとき私が「たった一銭の違いだろう。いい加減にして、自分のお金を足しといたら、どんなものか」と言うと、「いや、そうもいかん」と言って、私を見向こうともしないで算盤を入れた。「そんなのは計算マニアだ。勘定が合わないのは、集金するときに間違ったのだろう」と言うと、「いや、そんなことはない、確かに受取った」と言う。「確かに受取ったと思うなら、自分のを足せばいいだろう」と言うと、「それが大きな考え違いだ」と言う。学校で数学試験のときは数字が一つ間違っても誤りだが、この現実で一銭二銭の数字の間違いで夜を更かすにも当るまい。私が「学校の点取虫の根性は、棄てるべきだ」と言うと、兄貴は「生意気を言うな、はたから口出しするな。うちのことはお前は傍観するだけにしてくれ」と言って、計算に没頭する。こんな工合だから家運が傾くのも無理がない。一方また、やりっぱなしのところがあった。雑誌で梅の木を植えるのを奨励する記事を見ると、さっそく人夫を頼んで何百本となく山裾に梅の木を植える。それも、ただ植えるだけで除草も施肥もしないので、いつの間にか枯れてしまう。今では、その梅の木の枯株さえも見当らない。一事が万事この調子であった。亡父の墓石も、それを立てる話が出るたびに、先ず刻字の下書や撰文を誰に頼むかということで迷うだけであった。

この兄貴は、戦争中に風邪がもとで六日わずらって亡くなった。戦争が終ると私の生家の者は一時途方に暮れていた。もともと資産もないところへ、御多分にもれず、ごっそりやられたのである。「船が沈みかけているようだ」と母が言った。「お墓を造らねばなるまい」と母は言った。

そこで墓を立てるとすれば、石の種類や形や大きさが問題になる。私は、この二月に田舎に帰ったとき、町の石屋に寄って墓の見本を見せてもらった。私が選ぼうと思った一つの見本は、値段をきくと私の予想金額の約五十倍であった。「これはいかん」と私は思った。墓石だから、べつに急ぐにも当るまいと思った。そのうちに、石の値段や石工の手間賃が下るかもわからない。それが空だのみであるにしても、とにかく刻字の下書もまだ頼んでいないので、石の方を急ぐ必要もないような気になった。「では、もしお願いするようでしたら、いずれまた……」と言って石屋を出た。私の兄貴も、こんなような気持で一日のばしにしていたのだろう。
私は貧乏性だから、いまだに墓石用のリンセンが溜らない。もし手もとに少しでも余分のリンセンがあると、それを使ってしまわなくっては次の仕事に取りかかる気が起らない。万一、ちょっと纏まったお金があると読書していても何だか気持が落ちつかない。費ってしまうと落ちつきが出る。子供のときリンセンを費い馴れる機会がなかったので、貧乏性が骨髄に沁み渡って、けちん坊の一種の裏返しで締めくくりがない。とにかくリンセンに対して無関心でありたいという立場からすれば、私にはお金に対する免疫性の分量が少いのではないかと思う。

（昭和二十六年）

おふくろ

私の母は八十六歳だが、まだ割合と達者である。達者というよりも、去年の秋から今年の春にかけては、例年と違って寝込みもしなかった。毎年、冬になると蟄居するが、この冬は割合に元気なところを見せていた。

先月、そういう手紙を田舎の義姉から私の家内によこして来た。暖冬であったせいだろうか。

私は二年に一度か三年に一度ぐらい、ついでがあったら田舎の生家に寄るように努めている。と言っては語感がよくないが、私はお袋の愚痴を聞くのが嫌やだから、わざわざ出かけて行こうという気持は滅多に起さない。私が帰って行くたびに、お袋は憂鬱な気持を誘い出すような口をきく。それが型にはまったようにきまっている。

「ますじ」と、十二年前か十三年前、私が久しぶりに帰ったとき、義姉や甥の一緒にいる夕飯の席でお袋が言った。「お前、東京で小説を書いとるそうなが、何を見て書いとるんか。」

「何を見て書いとるかと言っても」と私は、大してまごつかないで返答した。「いろんな景色や川や山を見て、それから、歴史の本で見た話や、人に聞いた話や、自分の思いついたことや、自分が世間で見たことや、そんなの書いとるんですがな。」

「それでも、何かお手本を置いて書いとるんじゃなかろうか。」

「それは本を読めば読むほど、よい智慧が出るかもしれんが。」

「字引も引かねばならんの。字を間違わんように書かんといけんが。字を間違ったら、さっぱりじゃの。」

お袋は暫く黙っていたが、説教はこれだけで止そうと思ったのだろう。

「よし子」と、義姉に言った。「ますじに、酒を飲ましてやってくれ。あんまり飲むと毒じゃから、徳利に一つだけ酒をわかしてやってくれ。」

義姉は竃の下を燃しつけて、戦争前に近所の人が除隊記念にくれた銚子を鍋のなかに立てて燗をした。盃も同じく除隊記念にもらった土産物で、連隊旗と海軍旗を交叉させた図が書いてある。ぎらぎら光る水金で第四十一連隊という文字など書いてある。この家では古い徳利や猪口などはどこかに蔵っていて、法事のときにも来客のときにも決して使おうとしないのだ。

私は三本や四本の酒では酔えないが、お袋は私が銚子の酒を半分ぐらいまで飲むと意見するような口をきいた。

「ますじ。そうそう酒を飲むと毒じゃがな。人が見ても、みっともないし、酒飲みは酒で身を誤まるというての。」

それで私は一本だけで止そうとしたが、母はそれで満足するのではない。

「お前は酒が飲めるというのに、一つだけで止めることはあるまいが。飲めるのに、無理せんでもよかろうに。飲めるんじゃもの、もう一つだけなら飲んでもよかろうが。よし子、もう一つ酒をわかしてやってくれ。」

もう飲む気がしなかったが、せっかく義姉がわかしたので飲んでいると、お袋はまた酒を飲むと毒じゃと言った。それで私が二本目で止そうとすると、お前は飲めるのに止すことはあるまいと言った。結局、三本、四本と飲んで行き、飲めば飲むほど地味すぎる気分に陥込むことになって行く。お袋は酒飲みの倅に酒を飲ませたいが、酒なんか、見るのも嫌やな義姉に遠慮して余計なことを言ったのだろう。

それから私は二年目か三年目にまた田舎に帰った。母は見違えるほど老けこんで腰も曲っていた。若いときから木綿の着物をきつけると、老けてから腰が曲るというのは本当だろうか。とにかくお袋の腰は曲り、庭を歩くときでも頭が腰の高さより低くなるほどで、これでは頭に血が上るというよりも、血が下るおそれはないだろうかと思われた。ときどき立ちどまって伸びをするように腰をのばしていた。

しかし義姉の話では、医者が診察してお婆さんの心臓は三十代の人の心臓だと言ったそうであった。庭の草むしりもするし、往還から分れて私のうちへ登って来る坂道の草もむしっているということであった。抜きとった草を、ちょんぼり載せてある庭石も見えた。

私は菜園畑の方にも行ってみた。それから、石崖の端に立っていると、その下に見える家の年とった小母はんが私に声をかけた。

「ありゃりゃ、これはこれはまあ、あんた、お久しぶりでござりゃんすなあ。」

その小母はんは、私が子供のときその家に嫁に来て、口も達者、耕作も達者、人づきあいも達者で通して来たと言われている。誰か知りあいの顔を見ると、相手の気を煽るようなことを言う婆さんである。そのときにも、わざわざ石崖の下にやって来て、小母はんは私の立っている真下から私を見上げてこう言った。

「あんた、ほんまに、ときどきお母はんに顔を見せてあげにおいでんさいなあ。それでも、お母はんがお達者で結構ですなあ。せんだって、どっかで葬式があったときも、お母はんは紋付をきて焼香においでんさってなあ。その帰りに、お宅へ行く坂に生えとる草を取って、紋付の袖のなかへ入れなはったですが。なんぼ年寄でも、草が生えとるのを嫌いなら、達者な証拠ですけえなあ、ほんまに。」

それで私が坂道の方へ行って見ると、土くずれを防ぐ石の上に、抜取った草の枯れかけたのが一かたまり置いてあった。こうして置けば草は完全に枯れて行く。お袋が紋付の着物の袖に草を入れたという説は、小母はんのその場の思いつきではなかったろうか。

その翌日、私が東京に帰る支度に取りかかると、縁側に腰をかけていたお袋が言った。

「あたしは、いつ死ぬかわからん。今度、お前が戻るときには、もう死んどるかも知れん。」

またも愚痴だと私は受取ったが、お袋としては実際に生きてゆく自信を無くしていたのかもわからない。

「この家のものは、男が早死にするから、お前も気をつけて」とお袋は、あるか無いかのようなぼそぼそ声で言った。「どうしたことか、この家は二代にわたって戸主が早死にをしてしもうた。それでも、この家の家相が悪いというんじゃなかろうに。」

私の親父は私が六つのときに亡くなって、以来、お袋はずっと後家を通して来た。私の兄は戦争中、急性肺炎で一週間わずらって亡くなった。私の生家のある場所は山の殆ど中腹だが、庭に三つの小さな池があるので湿気が多く、庭石にも苔や軒シノブが生え易い。木の枝にも糸状の苔が垂れ、また気色の悪い苔が生えたりして、モッコクやキリシマなどは苔を落してやらないと小枝が枯れて行く。敷地は底が岩だから木の育ちも悪く、五十年前にひょろひょろしていた松の木は今だにひょろひょろである。裏山が西陽を早くかげらすので、菜園畑も日蔭になっている間が多く、ここに出来る作物のうち唯一の自慢の種はコンニャクだけである。私の生家の近辺に出来るコンニャクは、コンニャク玉にするとき上手に灰汁水を混ぜてやると、他産地のコンニャクで製造するのと較べて確かに二倍の大きさになる。この部落では、五十年前頃には群馬県の農家からつづけさまに、コンニャクの種芋の注文を受けたものである。これがお袋の誇である。

西陽が射さない上に池があるから湿気が多く、だから健康によくないのではなかろうか。私はお袋に池をつぶしたらどうだろうと提案したが、防火用水を兼ねている昔からの池だからつぶすことは出来ないと言った。

私が東京へ帰って来て何ヶ月かすると、私の旧作「集金旅行」という小説が映画になって福山の町の映画館で上映された。そのお古のフィルムを村の青年たちが映画館から借りて来て、入場料の儲けを川普請の費用の一部にするために、村の小学校で上映した。このことは義姉が私の家内に知らせて来たが、その手紙に次のような意味のことが書き足してあった。

「集金旅行」が村の小学校で上映される日に、青年たちがメガホンで村を触れまわった。「当地出身の作家、井伏鱒二氏原作の天然色映画『集金旅行』を今晩六時より当村小学校において上映します」と大きな声で触れまわった。この声はお婆さん（私のお袋）の耳にも聞えたが、お婆さんは、ますじが晒し者になっていると言って納戸に引籠り、無論、映画の見物には行かなかったが、後で近所の人たちが来て噂をするので大体の筋を知ったようである。しかしお婆さんは近所の人が「集金旅行」の噂をすると、いかにもつまらない筋の映画だと言うように黙りこんでしまう。そのくせ近所の人が「集金旅行」の噂をしないで帰って行くと、「あの人は、映画を見なんだのだろうか」と家の者に聞く。

義姉からのそういう手紙であった。

かねがね私は生家の人たちに、私の書いたものは小説でも雑文でも決して読まないように頼んでいた。私のうちの者にも読まないように早くから交渉ずみで、私の家内も子供も決して私のものは読まないが、ときたま短い原稿を家内に清書させるときだけは別である。但、映画の場合は第三者が介在するのだから私は意に介さない。


去年の五月、大阪へ行ったついでに岡山から福山に行き、そのついでに田舎のうちに寄った。時候のせいかお袋はその前のときよりも幾らか元気を取戻していたが、目が霞むので医者に見てもらっていると言っていた。耳は若い者と同じようによく聞え、隣の部屋で曾孫と遊びながらでも、ふと思い出したように私に話しかけた。

「変なこと聞くようじゃが、東京の米はうまくなかろうが。お前のところは、米は何升ずつ買うて来とるんか。」

それから、またこう言った。

「裏の倉に、藪の竹が根を出して来て、土間の叩きを持ちあげたそうな。どうして持ちあげたかしらんが、あたしゃ見る気がせんので見に行かん。」

私は裏の倉に行って見た。竹の根が土台の石組を狂わせて、土間のなかにステッキほどの太さの竹の根が二本、叩きの底から顔を出して先の方を叩きの底に消えさしていた。二階にあがる階段には、足を踏みこむ余地がないほど一段ごとに、渋紙包み、饂飩箱、薬研《やげん》、糸引車の台、紙貼の籠といったようなものが置いてある。五十年前頃に私の見なれたものばかりで、もう何年も誰一人として倉の二階にあがっていないと告げているようなものである。

私は母屋のぐるりを廻ってみた。裏手の崖の上から転がり落ちた平たい岩が、平らに臥ないで衝立のように裏の便所のわきに立っている。表側の土間の入口右手には、たぶん修繕に来た壁屋の手持ち材料の都合と見え、小壁を二つだけコンクリの研出しの壁に改造し、残りは以前のままの白い小壁になっている。その小壁の一つに、鉛筆で家の図を落書したのが残っている。これが子供のときの私の悪戯であったことは、私のほかに誰も知らないのである。

私は縁側から部屋のなかのお袋に声をかけた。

「倉の二階にまだ書画があるかしらん。あれはみんな偽物だから、もし人に売るなら、偽物は偽物として売った方がよいのじゃないかしらん。」

「偽物じゃというても、なにも人に売ることはなかろうが。」

お袋のその口吻では、偽物だと言われたのが気に入らなかったようであった。あるいは、私がそれを持出そうとしているとでも思ったのではなかろうか。

私は次のバスに乗ることにして鞄のなかを片づけた。お袋は山椒の葉の佃煮とラッキョウを土産にくれて私に言った。

「うちでは昔から、誰でも年が八十になる前に死んどるが、どうしてあたしだけ死なんのかしらん。あたしゃもう、まわりの者に面倒かけて、まわりの者が面倒みてくれるんで生きておるようなもんじゃ。あたしゃもう、えっと生きたような気がするが。」

えっと生きたという方言は、さんざん長生きしてしまった、もう沢山だという意味を持っている。

今日、これから私は文藝春秋社の用件で山陰方面へ出かけて行く。萩市、石見益田、出雲市、松江市に行き、それから鳥取市で連れの人たちに分れて田舎のうちに寄るつもりである。


（昭和三十五年）

2

場面の効果

松竹キネマの石山龍嗣君は私の学生時代の友人であるが、四五年前から彼は活動写真の俳優になった。そして今度いよいよ「情熱の何とか」という映画の撮影で主役として活躍するから、私に撮影見物に来いといって来た。私は見物に出かけた。

スタジオはバナナのにおいに似た臭気で一ぱいであった。

私は石山君の撮影が始まるまで、控室で待っていることにした。控室には私よりも先に一人の婦人が坐っていたが、これは老婆に扮装した女優ではなくて、ほんものの老婆のようであった。彼女は膝の横に新しいバスケットを置き、その上に信玄袋を置き、更にその上に水色の風呂敷包みを重ねていた。この有様は、いかにこの老婆がこの控室に於て慎み深く張りつめた気持でいるかを示していた。彼女は、たったいま遠い田舎から汽車で着いたのだろう。

彼女は私にむかってお辞儀をしかけたが、私が目をそらせたのでお辞儀をするのを止した。若し私がそっぽを向かなかったら、鄭重にお辞儀をしたに違いない。その意気込みと慎ましやかさは、私を少し面はゆくさせた。ところが私は、更に私を面はゆくさせる場面を見ることができた。

入口の戸が明いて、昔の殿様に扮装した男が入って来ると、老婆はさっと立って、

「ショウイチか、おおショウイチか。」

と言って殿様姿の男に走りよった。しかしそれ以上を言うことができない風で、彼女の目から涙があふれ出た。殿様姿の男は極めて冷静に言った。

「何時の汽車で着いた。腹がへってはいませんか。」

老婆は最早がまんならなくなって、泣声と共に言った。

「いま食べたばかりじゃ。それどころか、疲れもせんぞな。」

「母さん、泣きなさんな。」

と殿様は小声でたしなめた。

老婆は泣くまいとしたために、泣声が胸につかえてまた泣かなければならなかった。

殿様は煩らわしそうに私の方を見て、それから老婆に言った。

「僕、いま撮影中なんじゃ。もうあっちへ行こう。」

「まあ、ゆっくりさせてくれ。」

「そんなら、泣きなさんな。」

「おお、泣かんとも。」

老婆の決心はその涙を乾かした。老婆は殿様の衣服の衿を合わしてやろうとした。それから、殿様の腰にさしている刀の柄を物珍しくいじったり、その後姿を見たりしながら、殿様に話しかけた。

「お前、朋輩同士で仲よくしとるか。」

「うん、割合に仲よくしとる。」

「それから、気をつけて体を用心してのう。それから、無駄づかいをせんようにのう。」

婆さんは殿様の手に紙包を握らせた。それには幾枚かの紙幣が入っていたのだろうが、殿様は言った。

「こんなに要らん。」

けれども殿様はそれを懐に入れた。

「それから、朋輩を押しのけぬようにして、お前も早う出世してのう。それから活動写真でも何でもよいから、早う一本立ちになってくれぬとのう。そうすれば私も安心じや。」

「そんなに僕は思うようにはならん。」

「これから私も、これで小樽へ行ってしまうがのう……」

私はその場を外すため、控室を出た。


石山君は巧みに扮装していたので、笑わなければ彼であることがわからないほど、すっかり悪党の姿になっていた。

「僕がこの酒場で二十何人の労働者に、なぐられるところを撮影するんだ。」

と石山君はよろこばしげに言った。けれども、それより前にこのセットの酒場では、大勢のお客が酒をのむところを撮影する順序であった。年若い女優達が酒場の女の姿をして、俳優になりたてらしい男優達がお客になっていた。

この撮影が始まろうとしたとき、係の人（おそらく監督であろう——後でわかったが牛原虚彦監督であった）は、酒場のお客が全部洋服姿であるのに気がついて、見物人である私に言った。

「失礼ですが、あなた和服ですから、お願いします。」

エキストラになれと私に頼むのである。私は和服にインバネスを着ていた。この風采では酒場の良い客らしくない。しかし私は後向きでならば寧ろ出場したいと答えて、セットの酒場の土間に入った。そしてカメラに背中を向けて卓についた。

撮影が始まった。係の人やカメラマンは、土間の隅に腰をかけている一人の客にカメラを向け、私達はその背景となる趣向のようであった。それで、私達は酒場のお客らしくふるまわなければならなかった。劣等の客はビールをがぶがぶと飲むものである。私は映画芸術を尊重し私の役割を尽すためからでなく、すっかり女給に見える女優にビールを注いでもらうため、しきりにがぶがぶと飲んだ。飲めば幾らでも注いでくれるのである。ここは真実の酒場ではなく、ここで私が酒を飲むことは架空の生活であったけれど、私は事実に於て酔って来た。私の係の女給は親切であった。彼女は林檎の皮をむいてくれたり、ビフテキを切ってくれたりして、その合間には注意深い手つきでビールを注いでくれた。私はこれまでに酒場で、こんなに親切に扱われたことがない。私は酔った。隣の卓の男達は、彼等は未来ある俳優かもしれないが、でも彼等の酔いっぷりは真に迫っていなかった。

「ああ、君、君。」

と私は係の女給に言った。

「君の名前は何というんだ。僕の名刺をあげよう。」

私は彼女と名刺をとりかえた。

「君の年は幾つだね。」

「なるべく小さい声でなさい。撮影の邪魔になります。」

私は小さい声で彼女にたずねた。丹葉君子というのは本名であるか。住所は何処か。親父があるかないか。その他のことを囁いた。それに対して彼女は、いちいち私を満足させる答えで私につきあってくれた。こんな素直な女給はまたとなかった。

けれどもその歓楽はあまりにも短かすぎた。彼女はカメラのハンドルの回転が終ると同時に、私に示していた厚意をにわかに止して、その場に私を置去りにした。私は立ち上ってセットを出たが、すでに泥酔者に変化してしまっていた。

石山君は私の体を支えて、控室へ連れて行ってくれた。そこには殿様と老婆とが、どちらも涙を目に浮かべたまま、広げた風呂敷を間に置いて仲よく枇杷の実を食べていた。

二週間ばかりたって、石山君が、浅草の常設館に「情熱の何とか」がかかっているから見物に行くようにすすめてくれたので、私は出かけて行った。その写真は酒場の場面から始まって、タイトルには次のように書いてあった。

——都会の夜は悪と耽溺とを生んだ。貧しき人達でさえも、ひとしく悪と耽溺との深淵に陥ちて行くことを欲した。労働者、職を失える者、彼等は今や酒場に集まって来たのである。——

職を失える者というのは、おそらく私の後姿のスクリーンの人物を指していたのであろう。このぶざまな後姿の人物は、絶対に後をふりむかないで、女給に注いでもらったビールをしきりに飲み、ビフテキや林檎をむさぼりくらった。係の女給はその男の肩をたたいたり、紙入れから名刺を出して彼に与えたりした。はては彼を陶酔させるところの目くばせをしたりした。

ボックスではジャズが鳴り、そして弁士はその場面について次のような説明をした。

「あやしげな女は、敗残の失業者にさえも媚びと節操とを押売りしたのであります。……あなた、めしあがれな。今日は今日、明日は明日。私達はじたばたしたって何うなるものでしょう。……敗残の失業者は淫慾の目をあげて、あやしげな女に得体のしれない文句をならべるのであります。……俺あ飲むさ、大いに飲むぞ！　どうなったっていいいんだ。今日は持ってるぞ、うんと持ってるぞ。注いでくれ！……かくして、彼等は倫落の淵に沈んで行くのであります。」

私は狼狽した。私と彼女は決してそういう会話を交したのではない。けれど後姿の人物は、そういう会話に身を打ちこむべく何と似つかわしかったことであろう。

私は酒場の場面が終らないうちに、席を立って外に出た。

（昭和四年）

悪戯

私が中学生のとき、そのころの大阪毎日新聞に森鷗外の「伊澤蘭軒」の伝記が連載されていた。教室で綴方の時間に、私のななめ後の席にいた森政保という生徒は、早いところ綴方を書き終えて、彼は私の背中をくすぐった。後をふりむくと、森政保は私に新聞の切抜を見せて、一つ反駁文を書いてくれないかと言った。彼のいうには、鷗外という文学博士がこんなに毎日つづけさまに伊澤蘭軒の伝記を書いているが、鷗外は蘭軒よりもはるかにえらい学者のくせに蘭軒の研究をしているのは、われわれ気にくわない。それは文壇の大家が投書家の短篇をだらだらと分析しているのと同じことで、われわれは鷗外の気がしれない。それればかりでなく鷗外は史実を誤っている。われわれは蘭軒に関する事実を報告して、この文学博士に反駁をこころみたい――そういう意味のことをいって伊澤蘭軒に関する史実を私にささやいた。

私は綴方に耽っているかのように見せかけながら、森政保の教えてくれた材料によって、鷗外に反駁文を書いた。「鷗外全集」第八巻の第六〇五ページに、その反駁文が載っている。次のような候文体の手紙である。（その文章は、鷗外がすっかり書きなおしたもので、内容だけは同じだが、私の書いた候文とはまるで違った感じのものになっていた。）

「謹啓。厳寒の候筆硯益御多祥奉賀候。陳者頃日伊澤辞安の事跡新聞紙に御連載相成候由伝承、辞安の篤学世に知られざりしに、御考証によって儒林に列するに至候段、闡幽の美学と可申、感佩仕候事に御座候。」

「然処私兼々聞及居候一事有之、辞安の人と為に疑を懐居候。其辺の事既に御考証御論評相成居候哉不存候え共、左に概略致記載入御覧候。」

「米使渡来以降外交の難局に当られ候阿部伊勢守正弘は、不得巳事情の下に外国と条約を締結するに至られ候え共、その素志は攘夷にありし由に有之候。然るに井伊掃部頭直弼は早くより開国の意見を持せられ、正弘の措置はかばかしからざるを慨し、侍医伊澤良安をして置毒せしめられ候。良安の父辞安、良安の弟磐安、皆この機密を与かり知り、辞安は事成るの後、井伊家の保護の下に、良安磐安兄弟を彦根に潜伏せしめ候。」

「右の伝説は真偽不明に候え共、私の聞及候ままを記載候者に有之候。若しこの事真実に候わば、辞安假令学問に長け候とも、其心術は憎くむべき極に可有之候。何卒詳細御調査之上、直筆無諱御発表相成度奉存候。私に於いても御研究に依り、多年の疑惑を散ずることを得候わば、幸不過之候。頓首。」

――そして国語読本の注にある「森鷗外――林太郎、文学博士、医学博士、東京団子坂に住む」というのを参考にして、手紙の封筒には「東京団子坂、森林太郎様」と書いた。私はそのころ「朽木三助」というペンネイムにしていたので、封筒には私の生家、備後深安郡加茂村粟根八九番邸、中ノ土居方と書き朽木三助と記した。

一昨年の冬、「創作月刊」に私は「朽助のいる谷間」という短篇を書いたが、「朽助」は「朽木三助」から思いついた名前であった。

鷗外から返事が来た。「朽木三助様」の「様」という字の木へんが大きかった。

返事の内容はがっちりしていた。たいへん大事なことを報告してくれて有難いが、阿部正弘は何年何月にはどこそこにいて、伊澤辞安は阿部正弘が病没するよりも十八年前に死んでいるといってあった。そして良安は正弘の死よりも五年前に死んでいる。伊澤父子の三人は彦根にいたことがないという。

私と森政保は、この手紙を読んで甚だ面目がなかった。ところがその翌日、森政保は私に昨日の手紙をよこせといった。私は東京の人から手紙をもらったのは最初のことなので、手紙は手ばなすことができないといった。そこで森政保はその翌日になると、もう一度私に手紙を書けといった。鷗外博士は私――朽木三助に、たいへん大事な報告をしてくれて有難いといっているから、今度は書体を変え朽木三助は死んだということを報告しないか。そうすれば博士は弔いの手紙をよこすにちがいない。その手紙をおれによこせと森政は私に依頼した。彼は高等工業に入学志望であったのに、そんなに文学者の書簡をほしがった。

私は森政の依頼で再び手紙を書いた。今度は当然ペンネイムを止して、私の住所と私の本当の名前を書いた。手紙には、朽木三助氏は博士の返事が着くと間もなく逝去されたという虚報を書いた。(それ以来、私は朽木三助というペンネイムを止したが)そして故朽木三助氏は死に際して、博士が伊澤蘭軒の伝記を書くことは即ち郷土文学を書くことにほかならないと申された。そんな余計な嘘まで私は報告した。

鷗外から返事が来た。謹んで朽木三助氏の死をいたみ、郷土の篤学者を失ったことを歎くという手紙であった。

第八巻の六〇六ページによって判断すると、鷗外は私たちに、まんまと一ぱいくわされている。鷗外は次のように記録しているのである。

「何んぞ料らん、数週の後に（数日の後の誤）朽木氏の訃音が至った。朽木氏は生前にわたくしの答書を読んだ。そして遺言して友人をしてわたくしに書を寄せしめた。」

そして私が最初にだした手紙――朽木三助の手紙についても、鷗外は次のようにいっている。

「わたくしはこれを読んで（朽木三助の手紙を読んで）大いに驚いた。あるいは狂人の所為かと疑い、あるいは何人かの悪戯に出でたらしくも思った。しかし筆跡は老人なるが如く、文章に真率なる所がある。それゆえわたくしは直に書を作って答えた……」

中学生朽木三助の筆跡が、現在の私の筆跡よりも老人らしくなかったことは事実であるが、鷗外がそんなことをいうのは、作者というものの秘密はこんなところにもあるのかと思われた。私は綴方用の毛筆で楷書で書いたと記憶している。そうして「文章に真率なる所がある」なんていう批評は、これは鷗外が参考資料に重みをつけるためだろうが、私の文章を文壇的にそんなにいってくれたのは、森鷗外が最初の人であるというわけになる。しかし、考えなおすまでもなく、鷗外は全面的に自分で書きなおした候文を、自分で真率なところがあると批評しているわけで、私の候文を批評したことにはならないのである。

（昭和六年）

上京直後

私は大正六年八月下旬に初めて上京した。かねがね東京は誘惑が多いと田舎できいていたが、そのころ私は誘惑というのは女と親密にすることだと思っていた。それ以外には誘惑の種類を考えることができなかった。私は早く誘惑されたいと考えて電車の停留場に一時間も立っていたことがある。しかし誰も私を誘惑してくれなかった。東京の街は人通りが多すぎ、顔見知りの人間は一人もいなかった。どの人を見ても、みんな知らない顔である。それで自分の気持はこんなに淋しいのではないかと思っていた。

東京では俥夫でもお湯屋さんでも東京弁をつかう。東京弁のことを私の田舎では「江戸ッ子」と言っていたが、私は小学生のとき初めて「江戸ッ子」をきいた。私のうちに強盗が来て、戸の外から「明けろ、戸を明けろ」と言った。そのとき私は非常に無気味な言葉だという印象を受けた。しかし私は東京弁には一もくも二もくも置いていた。東京に行って東京弁がつかえなかったら、笑われはしないかと思っていた。

私の田舎では「壊れる」というのを「めげる」という。「怒鳴る」というのを「おらぶ」という。「先生」というのを「しぇんせい」という。「幾らですか」というのを「なんぼうですか」という。うっかりすれば田舎弁になる。私は東京駅に下車したとき、田舎弁をつかわないように慎重を期していたが、とうとう東京弁などはどうでもいいとあきらめた。それは駅の構内にいた俥夫が「いかがです。お供いたしましょう。お安く参ります」というように完全な東京弁をつかったので、無学な俥夫でさえもこの通りだと私は度肝をぬかれてしまった。それで私は東京弁をつかうことを潔くあきらめた。

また私は初めて学校の図書館にはいったときにも、度肝をぬかれて潔くあきらめて外に出た。初め私は図書館にある文学書をみんな読破しようと思っていたが、怖るべき書物の数をカタログで見て、とうてい五年間や六年間では読みつくせないことに気がついた。どうせ読めないなら、読もうとしない方がいいとあきらめてしまった。それに図書館の事務員は不親切なので面白くなかった。

私は在学中、図書館ではあまり読書しなかった。たまたま書物を読み耽っていて夜の七時八時ごろになると、事務員がやって来て「まことにすみませんが、これでおしまいということにしませんか」と言うこともあった。閉館にはまだ間があるが、みんな帰って私ひとりになってしまったので早く切り上げようというのである。早稲田の図書館が今のように面目を改めたのは、私が学校を止してから後のことである。私たちのときには食事に行くにも便利が悪くて閉口した。しかし私は図書館にはいっても、たいていは机の上に本を積み重ねて昼寝をした。

私は九月上旬に早稲田に入学したが、学校では高田派と天野派が対立して大騒動が起っていた。学校の事務所は窓硝子など滅茶々々にたたき壊されて事務員は外に追い出された。正門の前で雨にぬれながら激越な演説をする教授があった。早稲田劇場では弾劾演説会が開かれた。

私は入学したばかりで天野派と高田派の区別も知らなかったが、学校に行くと正門のところに控えていた屈強な学生に胸ぐらを摑まえられ、「こら、学生の登校は許さん」と言いわたされた。柔道部の選手たちかもしれなかった。強く私の胸ぐらを摑んで放してくれないのである。ところが、もう一人の豪傑風の学生が私の服装を見て「君は早稲田の学生ではなかろう、受験生だろう。よいか、もし君が早稲田の学生だったら、半殺しになるところだ」と言った。それで私は許されて帰って来たが、そのとき私は麦藁帽をかぶり袴をはいていた。洋服屋に注文した制服制帽がまだ出来ていなかったのである。

もし私が制服制帽をつけていたら、豪傑風の学生のためにひどいめにあわされていたことだろう。

（昭和十一年）

フジンタの滝

いま私は御坂峠の頂上の茶店の二階にいる。

海抜四千三百尺。雨の降る日は火鉢を机のそばに置いているほどの涼しさである。河口湖が眼下に見え、雲のない日は富士が裾から頂上までまともに見える。この茶店の尋常三年生になる女の子は、ここの裏山には天狗様や狼が棲んでいるのだといっている。しかし裏山では鶯が鳴き叢に姫百合や女郎花が咲いている。

私は九月上旬までここに滞在したいと思っている。一昨日は暑さが懐しくなって甲府盆地に降りて行き、結局、涼しいところへ行こうというのでフジンタの滝に行ってみた。このフジンタの滝はフジンタの森のなかにある。その森の範囲内だけ特別に涼しくなっている。寒けがするほど涼しいが、フジンタの滝の水の冷たさはまた格別である。手で水を掬うとびっくりするほど冷たいのである。

この滝の水にうたれると、気違いがなおるといわれている。一昨日、私が行ったときには女の気違いが滝に打たれていた。大の男が二人がかりで一人の女を摑まえて、無理やりその女の頭を滝の水で打たせていた。女は五十前後の年であった。声をかぎりに「嫌やだあ、嫌やだあ」と泣き喚いていた。二人の男はその女の手や肩をしっかり摑まえて、必死になって女の頭を滝水のところに押しつけていた。

私はこの気違い治療法を見て、いかに気違い相手とはいえ、ひどいことをする男がいるものだと思った。祈禱や呪いをする手合だろうと見ていると、

「じっとしていなさい。冷たくても我慢しておいで。すぐよくなるからな。」

と年上の方の男が女に言った。年の若い方の男は、

「お母さん、すぐ治りますからね。ほら、頭がはっきりするでしょう。」

と宥めていた。それは泣いているような声であった。

私は見るに見かねる気持で森の奥の方にはいって行き、来たときとは反対側の森の外に出た。すると路ばたの木のかげに、一人の娘さんが恥かしそうにしてうつむいていた。娘さんはずいぶん派手な着物をきて化粧をしていたが、男の洋服や帽子や女の着物を両手に抱えていた。足もとに、男の靴が二足と女のエナメルの草履が置いてあった。これは滝壺にいた男女の持物にちがいない。娘さんは母親の狂乱状態を見るのがたまらなく

て、ひとり森の外に待っていたのだろう。私は森の外に出ても炎暑を暫時のあいだ忘れていた。
きょう私は茶店の風呂にはいった。薪小屋の軒下に仕立てられた露天風呂である。私がお湯につかって眼鏡をかけ、崖に咲いている山百合や姫百合を見ていると雨が降って来た。

（昭和十三年）

私の鳥籠

私のうちでは廊下の庙裏に鳥籠をぶらさげている。

しかし風情のない空籠である。人によっては、いやな趣味だと思うかもわからない。「鳥はいないんですね。やはり、これも御趣味ですか」と、二度も同じことをきく人があった。「何をお飼いになるんですか」と、ちょっと薄ら笑いを浮かべてきく人もあった。そのつど私は嘘を言った。「いや、子供が蟬を入れるんです。去年の夏、あそこに吊したまま、そのままにしているんです。」そんな出まかせを言ったこともある。「いや、実は古道具屋へ売ろうと思って、あそこへぶらさげてみたんです」と言ったこともある。

古道具屋へ売るつもりはない。これは岩野泡鳴氏の真似なのである。三十何年前、私は上京すると間もなく岩野泡鳴氏を訪ねた。巣鴨の岩野さんのうちには廊下に鳥籠がぶらさげてあった。古びた空籠であった。それが侘しい感じでなく、この家のあるじ無頓着という感じが出ていると思った。いずれ自分も家を持ったら、あの通り空籠を軒にぶらさげようと思った。私は岩野さんに傾倒して笑い声まで岩野さんを真似ていた。意識的にそうしたのではなかったが、いつの間にか真似るようになっていた。

私は荻窪に世帯を持ってから、たびたび小鳥を飼った。しかし私の不注意で、飼う小鳥はたいてい逃げたり死んだりして、鳥籠には小鳥のいないときの方が多かった。疎開するときには籠を物置に入れておいた。去年、また東京に出て来てからその鳥籠を軒にぶらさげた。この景色は「侘しげであるか」「この家のあるじ無頓着な感じであるか」いずれであるか自分にはわからない。

私が岩野さんを訪ねたのは、大正八年十二月末に岩野家の忘年会のときが最後であった。そのとき岩野さんの提案で記念撮影をした。写真屋は庭に出て、私たち部屋のなかにいるものを三列にならばせて撮影した。私は二列目の左の端に立っていた。その斜うしろにいた岩野さんが「そこの鳥籠、邪魔だね。ちょっと失敬」と言って鳥籠の方に手をのばした。その肘が私の頭にこつんとあたった。「や、失敬」と岩野さんが言った。そんなことまで私は嬉しかった。

その忘年会の会費の額は忘れたが、月例会の会費は五銭であった。二十人ぐらいの人が集まったが、岩野さんがみんなから五銭ずつ受取って女中に塩煎餅を買いにやらせた。

女中が買って来ると、岩野さんは「ちょっと待て」と言って、女中に塩煎餅を二枚か三枚やるのだが、それも無造作にやるのではない。三枚やろうとしてみて二枚に減らし、また三枚に増やそうとしたりする。子供が遊び友達にお菓子の裾わけをするときのような調子であった。

この月例会で、岩野さんは一元描写という描写論をした。そのころ新潮に図解でその描写論を発表し、実作もこの描写論の立場で書いていた。しかし描写論よりも、岩野さんの雑談の方に私は興味を覚えた。

こんな話を覚えている。岩野さんは青年のころ、仙台の或る専門学校で欠員を募集している広告を見て、さっそく仙台に出かけて行った。校長に会ってみると、募集していたのは先生の欠員ではなく生徒の欠員であった。「しかし生徒になっても勉強できないことはない」と思って、その学校の生徒になった。

岩野さんは仙台にいた当時、何とかして有名になろうと努力した。そのころ仙台には、二高に高山樗牛という学生がいた。「瀧口入道」という小説を書いて仙台ばかりでなく一般にも有名になっていた。それで岩野さんは文学で一ばん有名になることは諦めて、何で有名になろうかと考えあぐねた末に、ともかく早く歩くということで有名になるように心がけた。町の人たちも人の特徴を認めることに吝かではなかった。岩野さんがとても速く歩くことを認めるようになった。岩野さんが通るのを見ると「やあ岩野だ、あれが岩野だ」と話しあってくれるようになった。

「とても、僕は得意であった」と岩野さんは言った。「どうして、そんなに速く歩くことが出来たのですか」と私はたずねた。「歩いたのではない、駈けだしたのだ」と岩野さんが言った。「駈けるのでは、息が苦しいでしょう」ときくと「あたりまえだ」と言った。息が苦しいのは我慢して、ただ一途に有名になりたかったそうである。

大正九年の春、岩野さんは帝大病院に入院した。いのち取りというほどの病気ではなかったが、林檎を皮ごと食べたのが悪かった。熱をもっている腸壁を林檎の皮で破ったので腹膜炎を併発して亡くなった。林檎を皮ごと食べるのは滋養になるということだから、そんな意味で食べたのかもわからない。

死の直前、枕頭には文学好きな実業家で岩野さんに師事していた山本勇夫氏が一人いた。家族の人たちも駈けつけるのに間にあわなかった。

山本勇夫さんの話では、医者が「お気の毒ですが、もう駄目です」と言ったとき、岩野さんは「よし、そうか」と言って起きあがった。そしてベッドの上に大あぐらをかいて、「僕が本当の作品を書くのは、これから先のことだ。生きていたら、本当にいいものを書くんだ」と長嘆息した。それが最後の言葉だったそうである。

とても私などに真似られそうもない。私は死ぬとき「死にたくない、死にたくない」と言って、たぶんこの一つのことだけにこだわっているだろう。私が岩野さんの真似をしているのは、今では鳥籠の吊しかた以外には何もないようである。もう笑いかたも岩野さんに似ないようになっている。最近は、つくり笑いのような笑い声しか出ないので自分でも不快に思うことがある。岩野さんの笑いかたは、「わッはッはあ……」というようにきこえ、ちょっと爽快であった。私がその真似笑いをしていた期間は、わずか三年間ぐらいなものであったろう。

対岩野さんとのことで、私が意識的にしたことは岩野さんの文章を真似ないように努めることであった。その方法として、私は岩野さんのところへ行くようになると岩野さんの作品をなるべく読まないようにした。読めば自然に癖だけ真似るようになる。自分の薄弱な性格として、それはわかりきったことである。矛盾した話のように見えるかもしれないが、岩野さんの作品を私が熟読したのは私の上京する前と岩野さんが亡くなってからである。

先日、軒の鳥籠に蟬を入れてみた。その蟬は鳴かない油蟬であった。籠から出して空に投げあげると、宙返りをして椎の木にとまった。

（昭和二十三年）

パパイア

　戦争中に私は徴用でマライに行って、帰りはMCという旅客機に乗せられて帰って来た。徴用班の班長が、私にそうするように命令した。

　班長は大久保さんと言って、当時中佐であった。二・二六事件のとき鎮撫軍の参謀をつとめ、例の「兵に告ぐ」という布告文を起草した人である。そのために勢力のある軍人から継子あつかいされて進級も遅れているのだという噂があった。しゃれた角丸型の縁なし眼鏡をかけ、五十前後の年配に見えていたが実際は私なんかより十ぐらい年長で、温厚な人であった。この班長の伝令兵が私を呼びに来て「隊長殿の命令であります。いますぐに、隊長室へ来るようにという命令であります」と言った。私はぎくりとした。何か縮尻をしたのかもしれないと暫時のあいだ考えた。伝令兵は気の毒だと口では言わなかったが、その表情で占うと、私を気の毒がっているのが知れた。

　私は班長室の扉をノックして、規則どおり自分の名前を告げて「はいります」と言った。はじめて私は班長室にはいったのである。一見、応接間兼書斎といったような平凡な室内風景で、班長はソファに腰をかけて新聞を読んでいた。

「御苦労。ちょっと話があるから、呼んだ。これは、いま他言してもらっては困る話だがね。」

班長はそういう前置きで言った。——今度、軍の命令で、この班から三人だけ、至急に帰還させるように言って来た。何のために帰還させるのか、それについては何も言ってない。輸送船では間に合わないから、飛行機で帰すように言ってある。ついては、この班で誰を帰したらいいか。誰を帰したら適当と考えるか。

私は用心して答えた。

「誰を帰したらいいか、私は知りません。私にわかるわけもないのです。」

「そうか。なるほど、そうか。これは、こちらの質問が悪かったかも知れぬ。では、誰が一番帰りたがっているかね。」

「みんな帰りたがっています。そうだろうと思います。」

「なるほど、そうか。では、誰が、一番帰りたいと言っているかね。」

「みんな、帰りたい帰りたい、と言っているようです。」

「そうかね。では、もうよろしい。参考までにきいただけだ。これは絶対に他言を憚ってくれたまえ。」

私は規則どおり「他言を憚ります」と復誦して外に出た。

誰を帰したらいいか。そんな質問は、お前を飛行機で帰してやろうという言葉と同じである。無論、私も危険な輸送船よりも飛行機で帰りたかった。もうその頃、輸送船は目的地に着くまでに、爆撃でよく沈められていた。たとえば三艘の輸送船団のうち、一艘でも無事に着けば上等の方だといわれていた。飛行機で帰りたいのは山々だが、班長に内証でそんな質問を受けた上は輸送船で帰るようにすべきだと私はひねくれた。それで「他言は憚ります」という誓約を破って、同宿の神保光太郎に相談した。神保さんの高等学校時代の友人に、当時マライの軍政部病院で院長をしている人がいた。その人に頼んで、心臓弁膜症であるという診断書を書いてもらいたいと思った。

神保さんは「手まわしがいいことですな」と言って、私を病院に連れて行ってくれた。私は院長の前で「飛行機は墜落するから、怖いのです」と言った。もし心臓が悪くないようなら、何でもいいから、飛行機に乗ってはいけない病気の名を診断書に書いてもらいたいと頼んだ。院長は、いい返事をしなかった。飛行機に乗れないような病人は、輸送船にも乗れないが、それでも君は承知かと言った。私を診察しようともしなかった。君は徴用されている以上、命令どおりにするよりほかはないと言った。

翌々日、班長から命令が出て、その次の日の朝早く、私は神保さんに見送られて飛行機に乗った。雲海の上に出ると、ぎらぎら光らない太陽が見えた。四時間でサイゴンに着いた。宿に着くと、私はすぐ毎日新聞の支局を訪ねた。ちょうど一年前、マライに行く途中、私たちの輸送船が三日二晩サイゴンの港に碇泊した。その碇泊第一日目、白い半ズボンに半袖シャツを着た青年が私たちの船室に訪ねて来た。軍服ばかり見なれていた目に、白の半ズボン半袖シャツが目新しく、とても瀟洒な姿の青年に見えた。そのころ私は気疲れと苦しい航海で弱っていた。その青年を見ても、うつろな気持で誰だか思い出せなかった。話しかけられても、どこかで見たことのある人だと覚えるだけであった。名刺をもらって、漸く毎日新聞の宮澤俊明君だと気がついた。宮澤君は、もと東京毎日の学芸部の記者で、当時、毎日新聞のサイゴン支局次長であった。私たち徴用者の慰問に来てくれたのである。

翌日、上陸許可が出たので、私は同僚の小栗虫太郎やその他の人たちと上陸して毎日新聞の支局を訪ね、思いがけない歓待を受けた。先ず風呂にはいれと宮澤君が言った。

輸送船の風呂のように不潔な塩水の湯ではない。一人ずつ、ゆっくりとはいることが出来た。風呂からあがると、安南料理の御馳走になった。真においしいと思った。窓の外のパパイアの木に青い実がついていた。楽園とはこんな場所かもわからないと思った。もし自分に命があったら、またここに来てみたいと思った。食事が終ると宮澤君の案内でシクロに乗って街を散歩した。シクロは日本の輪タクのようなもので、幌がなくて車夫が乗客のうしろにいて操縦する。シクロを停めるときには「トイ」と言えばいい。安南語だそうである。宮澤君の説明によると、フランス人は市街を美しく仕立てる名人で、サイゴンの街は意識的にパリの街を真似てつくられている。

その翌日は、朝早くから上陸が許されたので、私は数人の同僚とまた支局を訪ねて宮澤君の案内でレストランに行き、それからカフェに行った。ここではキャフェと発音する方がいいそうである。キャフェには物売りが来た。同僚の海音寺潮五郎は二十円で虎の皮を買った。露営するとき敷いて寝るのだと彼は言った。それは一年前のことで、今度またサイゴンに寄ったついでに、宮澤君に会おうと思ったのであった。

そのころ、サイゴンの毎日支局は、フランス総督官邸裏手の森のはずれにあった。私は大体の見当でその森をさがして歩いたが、なかなか見つからなかった。一年前のときと違って今度は案内してくれる人がいない。通りすがりの人にきくには、安南語かフランス語で話しかける必要がある。「トイ」と言ってシクロをとめたって、総督官邸の裏手というフランス語も安南語も話せない。私は業をにやして、交通巡査と思われるカーキ色のシャツを着たヘルメット帽の青年に、英語で総督官邸裏の森に行く道順をたずねた。すると相手は、「自分は、日本人であります」と言った。日本語で問いなおすと、最近この町に移動して来たばかりの兵隊であるによって、この町の地理はまだよく知らないと言った。「では、どこでたずねたらいいでしょう」ときくと、「いま、あそこに、日本人がいます。あの人に、きいてごらんなさい」と言った。南方焦けはしているが日本人らしい青年が商店の飾窓の前に立っていた。その青年にきくと、丁寧に教えてくれ、自分は同盟通信の写真部のものだと問わず語りに言った。日本語を話す相手に飢えていたものだろう。

毎日支局を捜しあてたとき、私の胸は幾らか動悸をうっていた。なかにはいると、炊事婦らしい中年の女が取次ぎに出て、「宮澤さんは、ハノイ支局長に栄転されました。お忙しいので、当分こちらに出張しておいでになるようなこと、ないでしょう」と言った。ほかの社員もみんな留守だそうであった。私は封筒と紙をもらって、宮澤君に次のような意味の手紙を書いた。

——一年前ここに来て、お世話になったときのことを、今だに忘れ得ない。あのときは、もし自分に命があったら、またここに来てみたいと思ったことである。今日、はからずも当地に来て、なつかしさに耐えずして立寄った。自分は、いま日本に帰還する途上にある。大兄の健在を切望する。

この手紙の封をして、ついでのときハノイ支局に届けてもらうように炊事婦らしい女に頼んだ。その女は、冷たい麦茶を持って来てくれた。窓の外のパパイアの木は、小さい苗木にとりかえられていた。この木は古木になると実が出来なくなるそうだ。マライで私たちのいた宿舎にも、入口の花壇に一株のパパイアの木があった。はじめ二尺か三尺ぐらいであったのが、一年たらずの間に廂まで届くほどに成長して、鈴なりにたくさん青い実が出来た。熟したら、木を伐って、また苗木から仕立てるらしい。そんなことを考えながら麦茶をのんでいると、半ズボン半袖シャツの男が戸口から入って来て、「あなたは、どなたですか」と言った。私はここに来た事情をかいつまんで説明して、「しかし、あなたはどなたですか」ときいてみた。相手は、ここの支局長ですと言って私に名刺をくれ、「この土地の習慣で、私は午後は昼寝をします。失礼して、これから昼寝をしますが、どうかごゆっくりと追憶にふけって下さい。では、失礼します」と言って二階にあがって行った。ところが、すぐにまた降りて来て「今晩、社の連中と会を開くことになっています。大して御馳走はないのですが、もし何でしたら、御招待したいんです。遠慮な人間はいません。いかがです」と言った。私はサイゴン博物館で石仏を見る予定にしていたので、「有難う御座いますが、ちょっと用事がありますから。宮澤君にこの手紙の伝達お願いします。お大事に」と言って外に出た。

博物館は陳列品の模様換えで、アンコール・ワットの石仏の腕や頭などが建物の入口のところに堆く片寄せられていた。石仏は用材の石の肌がしっとりとした感じである。腕首や指がふっくらして、豊かな感懐が込みあげて来そうな気分に誘われる。陳列館の入口の蛇腹もアンコール・ワットから将来されたものであった。

宿に帰ると、私は水浴をして昼寝をした。目がさめて食堂へコーヒーをのみに行くと、ボーイが切符を二枚くれた。宿の隣のマゼスチックという映画館の入場切符である。時間つぶしに私は映画を見に出かけたが、入口のところに立っていた混血少女が、いきなり私の前に立ちふさがった。ほっそりした体の少女である。妙な笑い顔で「ムッシュー・オテル」と言った。旦那、ホテルへ行きましょうという意味に解される。いや、とんでもない。私はくるりと向きを変え、車道を横切って、すたすた歩いた。もう大丈夫だろうと足をゆるめると、あとをつけて来たその少女が、「ムッシュー・オテル」と言った。私は「ノン・マドマゼール」と答えた。言葉が出来ないのは情けない。「お嬢さん。あなたに私は用事がないのです。」——この簡単なことさえも、フランス語で私は言えないのである。「ムッシュー・オテル・ニエン。ムッシュー・オテル・ニエン」と先方はくりかえすが、こちらはただ「ノン・マドマゼール」とくりかえすだけである。

私が急ぎ足になると、彼女も急いだ。また「ムッシュー・オテル・ニエン」と言った。エンではなくピアストルというべき筈なのに、適確に私をお上りさんだと見抜いていた。私は冬の日本に帰る用意のため、暑いのに冬のシャツを着て冬のズボンをはいていた。彼女は安物らしい白のドレスを着て、白いズックの短靴をはいていた。

出まかせに歩いているうちに川っぷちに出た。どろりと濁った川である。サイゴン河の分流かもしれないが、いずれにしてもメコン河の分流であることだけは間違いない。遥々とチベットの山奥から流れて来て、くたくたに疲れてくたくたに濁ったといった感じである。

この川沿いにレストランがあった。あとで村上菊一郎君にきいてわかったが、日本人の言う「おしゃべり岬」のレストランである。私がそのレストランに逃げこむと、少女は平気でついて来て、私と差向いでテーブルについた。「ノン・マドマゼール」と言って私は手を振ったが、先方は一向に意に介さない。私が料理を注文すると、先方も同じ料理を注文した。手真似で、あちらに行ってくれと合図しても知らぬ顔である。私は三皿たべた。彼女も同じように三皿たべた。勘定のとき、彼女がすっと立って外に出て行ったので、私は二人分の代金を払わされた。

外に出ると、また後をつけて来た。宿に逃げこむと、さすがにそこまでは追わなかったが、三階の窓から見ると歩道に立っているのが見えた。白いズック靴のさきで、つまらなさそうに地面を蹴っていた。よほどお客のない女だろう。「しけてるな。映画を見る金もないんだろう」。そう思って私は、どうせ無駄になる映画切符を二枚、窓から投げた。切符はひらひらと舞い落ちて行った。それが地面に届く寸前に、どこからともなく二人の子供が駈け寄った。安南人の子供らしい。二人の子供は切符を摑みとると、一散に映画館の方に駈けて行った。そのすばしっこさは相当なものであった。少女はぶらぶら歩きで映画館の方に歩いて行った。

その翌日は天候が悪かったので、その次の日に飛行機で発った。マライを発って六日目に私は日本に帰って来た。
宮澤君は終戦直後、発疹チブスで亡くなった。

（昭和二十四年）

鳥の巣

私は子供のとき、小鳥の巣を覗いて見るのが好きであった。あの雀斑《そばかす》だらけの小さな卵は全く悪くない。可憐というべきか高踏というべきか、当時そんな形容の言葉は知らなかったが、要するに私は小鳥の卵が無性に好きであった。木の枝に小鳥の巣の在り場所を見つけると、私は多少の危険を冒してもその木に登って巣のなかを覗いて見た。足場にする枝のある木なら、五尺や六尺ぐらいの高さまでは登って行ける自信があった。あまり高く登るのは怖かったが、つい前後の見さかいなく登って行って巣を覗くと、胸がごとんごとんと動悸をうちだすのであった。そんな場合、巣のなかに必ず卵があるというわけでもなく、雛がいることもあるし、もう巣立ちをして空っぽになっていることもある。それでも、卵のあるなしにかかわらず私の胸は動悸をうった。木に登るから動悸をうつのは当然だが、巣のなかを覗きながら動悸の静まるのを待つときの気持は悪くなかった。

子供のときのことは二度か三度の経験でも、後年になると、それがいつもの出来事であったと錯覚することがある。これも錯覚かもしれないが、私が子供のころの野鳥は人家に近づくのを割合に怖れなかった。私の育った家が山の中腹の森のはずれにあったためもあるだろう。ツグミ、キジ、ヒヨドリ、ホオジロ、カケス、ヤマバトなど、入りかわり立ちかわり裏山に来てうろついていた。

ヒヨドリは庭のつくばいで水浴びしたのが私の印象に残っている。きびきびした動作で暴れまわるように、早いところ行水をつかって水から出ると、ぶるぶるっと身ぶるいして飛び立って行く。キジは井戸端の樫の木の実を喰いに来た。季節によっては春蘭の葉も喰いちぎっていた。私が学校から帰って来ると、キジが井戸端から飛び立って、重々しく羽音をたてながら裏山に逃げ込むことがあった。その羽音には、ぎッしぎッし……と物の軋るような音が混っていた。

ツグミは崖の根の陽だまりに来て、そこに吹き寄せられている楢の落葉のなかを掻き漁った。そのころ、私のうちにいた喜一という男衆が、冬になると梅の木の下にコブツという穽《おとしあな》をかけた。小鳥を捕る原始的な穽である。コブツにかかるのは、主にツグミとホオジロであった。カワセミは松の下枝にとまって憂鬱そうに池を見おろしていた。これは稀にしか来ない上に、人を見ると逸早く逃げだした。

ヤマバトは裏山の高い松の木の枝に巣をかけて、雛が育ってからもそのあたりにうろついた。くッくう、くッくう……という声で鳴いていた。この鳥は雪が降ると、菜園の隅に植えてある南天の実を喰いに山から降りて来て、食欲を充たした後は雪をかぶった柿の木の枝にとまって静まりかえっていた。満腹しきって雪景色を見ている風であった。南天の実は、ヤマバトだけでなくツグミもヒヨドリも大好物であることがわかった。或るとき、喜一が生捕りにしたツグミとヒヨドリをカナリアの空籠に入れ、南天の実をやると人が見ていても争って食べた。

ホオジロは裏山に巣をかけた。一度、築山の山茶花の木にも巣をかけたことがある。この鳥は、巣立ちをした若鳥を手放す前に、それを連れまわって穀類の餌を食べる練習をさせた。私たちが籾殻と粉米を庭さきに撒いておくと、ホオジロの親鳥が若鳥を連れて粉米を漁りに来た。

この鳥は小鳥のなかでも愚鈍な鳥だと見做されて「ばかホオジロ」と言われているが、スズメやヒワなどと同じように、お宮の拝殿の屋根にとまることもある。それでも平気で畑の肥壷の屋根にとまったりして、格式ぶったところがすこしもない。気の置けない鳥だと喜一は言った。

一度、ヒワも庭の松の木に巣をかけた。喜一が松の枝葉を掃除していて見つけたのである。もう卵が孵って産毛の生えた雛が巣のなかにいた。まだ目は開いていなかったが、息を吹きかけると背伸びをしながら仰向いて口をあけた。私は学校に出かけるときと帰ったときに、その松の木に登って巣を覗いた。それ以外には大事をとって近づかなかった。遠くから観察するだけであった。ヒワの親鳥が飛び立って太陽を浴びるところが美しかった。ことに逆光線で見ると緑色が透いて美しかった。或る日、喜一が独りで留番していると、小鳥好きだという小間物行商人が来て喜一をそそのかし、ヒワの親鳥を二羽とも捕って行ってしまった。鳥黐を塗った稲藁を巣のふちに巻き、親鳥が巣に帰ったところを黐にからませる方法で捕った。私は学校から帰って来てそれを知ると、縁さきで地団駄を踏んで泣き喚いた。祖父はびくともしないで、町の小鳥屋に行けばヒワなんか何羽でも買えると言った。私の相手になろうとしなかった。私は泣き止むどころでなく、なおさら声を張りあげて泣き喚いた。祖父は事の重大さに驚いて、それでは町の小鳥屋でヒワよりも可愛らしい鳥を買って来てやると言った。

親鳥を失ったヒワの巣仔は、うっちゃって置いては育つわけがなかった。どうするつもりかと私は喜一を責めた。喜一は自分の手でそれを育てると言って、ヒワの巣仔を巣に入れたまま松の枝から取りおろして来た。雛の嘴を箸の先で触ると口をあけるので、その口に青虫を食べさせて育てるのである。私は喜一が雛に餌を食べさせるのを見て、小鳥の巣仔も人間の手で育てることが出来るのを知った。祖父は「とうてい駄目じゃ。いまに落鳥じゃろう」と感心しないような口吻を見せていたが、喜一の丹精で雛の育つ見込がついて来ると、祖父はこの巣仔が育ったら空に放してやらなくてはいけないと言った。その代りに祖父は、町へ行ったついでにチョウセンバトを二羽、私のために買って来てくれた。このハトはよく人に慣れていた。鳴声はヤマバトと同じように、くッくう、くッくう……と鳴くが、鳴きながら前半身をかがめるので、私たちはオジギバトと呼んだ。

ヒワの巣仔は、四羽のうち一羽が餌を見向かないようになって死んだ。あとの三羽は翼の生え揃う程度まで育ったが野良猫に襲われて死んだ。それより前に、放し飼いにしていたオジギバトが二羽とも一どきにいなくなった。猫に喰われたらしい。よほど日数がたってから、桑畑のなかにハトの羽根が散っていると近所の人が教えに来た。

オジギバトの死んだ翌年の春、喜一は「春なます」の休みの日にホソタ池という溜池へ鮒つりに行って、鳥の巣を見つけて来た。それを祖父に内証で喜一が私に教えたのである。巣は地面に造られて、卵の大きさは鶏の卵よりも少し小さく、みんなで十二個も生んでいると喜一は言った。これは私にとって大いに耳よりな報告であった。池の近くにある巣ならカモの巣だろうかと私が言うと、卵が鶏の卵より小さいからオシドリの巣に違いないと言った。好奇心をそそられる話であった。私はその巣を覗きに行きたくなったので、喜一と私と二人だけで内証の約束をした。

——私は毎週日曜日にホソタ池へ鮒つりに行く。ホソタ池は薬研堀になって、子供が独りで釣に行くと危険だから喜一が私といっしょに来てくれることになる。喜一も菜園の仕事を休んで鮒つりをする。要するに、お互いの満足を充たすため絶対に他言しないで実行にとりかかることにした。

喜一は近所の人からきいて来て、オシドリという鳥は大変よく卵を産む鳥だと言った。巣のなかの卵を人間が盗みとると、何日かしたらその巣のなかにまた卵を三つも四つも産んでいる。しかし卵を人間が盗むとき注意しなくてはならないのは、巣のなかに一個だけ残して置くことである。みんな盗んでしまうと、オシドリが自棄を起してしまう。自棄を起さないにしても、卵を産む気力がなくなるほど途方に暮れることが確かである。

それはニワトリの巣に陶製の囮の卵を一つ入れて置くのと同じ策略である。

日曜日に、私と喜一は祖父の許しを得て、釣道具を持ってホソタ池に出かけた。釣は後まわしにして、オシドリの巣を見に行った。楢の木立のなかに一ヶ所だけ青々として茅が生え、草いきれのするその草むらのなかに巣があった。地面を掻きちらした凹みに落葉や小枝や草の根などを集めて粗末な巣をつくっているにすぎなかったが、喜一の言った通り堂々たる卵が十二個あった。ニワトリの卵よりもちょっと小さくて、鈍端と鋭端の差がひどく、ニワトリの卵よりも誇張した卵型である。朽葉よりもまだ薄い褐色であった。喜一は「春なます」の日にここの池に釣りに来て、釣り飽きたのでタラの芽でも捜そうと歩きまわっているうちに、偶然この巣を見つけたそうである。

私は卵をつくづく見た。十二個の卵が何ともいえないおだやかな配置で並んでいる。野鳥の卵はどんな小鳥の卵でも巣のなかに雑然として転がっているようでありながら、どの卵の向き工合も、それ以上に自然の向きに人間の手で訂正できないものである。しかし巣のなかの卵は誰が置きならべても転がるので、勝手に向きが変ってお互におだやかな向きの配置につく。私はオシドリの卵を一つ手のひらに載せてみた。幾らかの温かみが感じられた。喜一は私の手のひらからそれを取って魚籃に入れ「一ダースとは大したものじゃ」と言って、巣のなかの卵を二つ三つ四つ……と数え取って行きながら魚籃に入れた。最後の一つは「これに手を触ってはいかん」と言って、私にも手を触れさせなかった。私はオシドリの親鳥を見つけようとしたが駄目であった。

喜一は池のほとりに降りて行くと、石を拾って来て即席の竈をつくって焚火をした。持参した薬罐で湯をわかして卵を茹でて食べるのである。私は釣なんかに興味がなかったので、焚火の手伝いをしたり卵の数を幾度も数えなおしたりした。お湯がわくと、卵は三つずつ食べることにして薬罐のなかに六つ入れた。残りの卵は帰ってから二人で食べることにした。

その次の日曜日か次の次の日曜日にも、私たちはホソタ池に行った。オシドリの巣には卵が七個あった。一日か二日に平均一個ずつ産むとしてもオシドリにとっては過労なことであったろう。私と喜一は前の日曜日と同じように、卵を巣のなかに一つ残して、六つ盗んで二人で食べた。これが祖父に知れて大目玉を喰らった。私はオシドリを惨めにさした悪業の罰として、夕方まで蔵の土間に閉じこめられた。さらに、私の残忍性を矯正するためだということで、日曜日に虫封じの治療を受けに虫切り医者のところへ連れ出されて行った。

私の罪は、オシドリに飽くことなく多産を強い、事を秘密にして弱いものいじめをした悪性なものであるということであった。私は、オシドリに卵を産ますのも、ニワトリに卵を産ますのも同じことだと思ったが、それがまた大きな間違いだということであった。——後年になって私は、いったいホソタ池のほとりで自分は合計何個の卵を盗んだろうと思うことがあった。そのつど、オシドリは産卵期に何十個ぐらいまで卵を産む能力があるのだろうという疑いが伴なっていた。ところが最近になって下部川へヤマメ釣に行ったとき、オシドリは樹木の洞穴に巣をつくるということを土地の釣師からきかされた。それも深山幽谷の渓流沿いに営巣蕃殖し、秋になると流れをくだって下流地帯の池沼に移るそうである。この話は、なかなか浪漫的で悪くなさそうだが、私は意外なことをきくものだと思った。

その話をした釣師は、子供のころ下部川の上流でオシドリの巣が木の洞にあるのを見たことがあると言った。また梓川の上流でも見たと言った。オシドリは必ず木の洞に巣をつくるもので、草むらに粗末な巣をつくって薄い朽葉色の卵を産む鳥は、キジかヤマドリの類だそうである。

私は下部川の釣から帰って来て、動物図鑑で調べてみた。

——オシドリは夏になると雄の羽根が特徴を失って、いわゆる銀杏羽も脱落し、雌と殆ど同じ姿になる。春夏の候に深山の樹洞内に産卵し、秋期、渓流をくだって山麓平原地方の湖沼河川に宿って冬を越す。銀杏羽は一名、おもい羽とも言われている。

なお動物図鑑で見て、私が子供のときオシドリの巣だと見覚えたのはヤマドリかキジの巣であることがわかった。ヤマドリは一雄一雌でキジは一雄多雌の差はあるが、蕃殖に関する習性は両種類似して、巣の工合は、私が子供のときオシドリの巣だと教わった通りのものである。キジやヤマドリの産卵期は四月前後から始まって相当長期にわたり、小型の鶏卵大淡褐色の卵を八個から十二個まで産む。ただし地面に産卵するため外敵に襲われる率が多いので、卵が毀れたり盗まれたりする場合には直ぐに補充産卵する能力がある。

俗にヤマドリやキジの二番仔三番仔と呼ばれるのは、このように補充産卵して二回も三回も雛を育てるのを人間が見かけるためである。無論、この両種の補充産卵の能力にも限度がある。キジを養殖してみた結果によると、四月から七月にかけて一羽の雌が四十個乃至八九十個の卵を産む。——そういう意味のことが書いてあった。

私がオシドリの巣だと見覚えたのは、キジの巣であったと訂正した方がいい。ヤマドリは針葉樹林などの深山に棲み、割合に陰湿なところを好く。キジは人里に近い岡や林のなかに棲み、からりとしてひろびろとしたところを好く。そういう習性があるそうだ。私の見たのはキジの巣にちがいない。

（昭和二十五年）

引札

私は引札を収集する趣味を持つようになった。この点、人間五十すぎると収集癖が出て来るという説に符合する。

引札、すなわち披露の招帳である。私が子供のころ田舎では、引札のことを散紙の略で「ちらし」と言っていた。江戸時代の書物には配符と書いたのも見え、そのころも引札の収集家がいたと記録されている。いつか私は骨董屋で、蜀山人の書いたという蕎麦屋の引札と、鈴木春山の書いたという本屋の引札を見た。これが井原西鶴の書いた引札なら私は買いたいと思ったかもしれないが、あとできくと春山筆も蜀山人筆も贋物だそうであった。だが、私の収集しているのは古い引札ではない。骨董品でなくって現代の引札である。これは買い集めてまわる必要もなく、手を拱《こまね》いていても自然に集まるから世話がない。

いま四十枚あまり集めている。酒場の開店披露の引札、会合の案内通知、本屋の開店披露の引札、寺院の改築について寄付金の募集案内、平和運動の会合通知、出版記念会の案内、税務署からの通知、そのほかいろいろの種類がある。その文体も種々さまざまである。そのなかで個性のある磨きのかかった文章のものを挙げてみたい。

前略　乍唐突　森類はわたくしの詩歌の友で素より商人の資質ではありませんが渡世の一方便として、この度家大人鷗外先生の旧居址の一隅（本郷駒込千駄木町一九番地）に本屋を開き斎藤茂吉翁の命名で千朶木書房と申します。ささやかながら聊か理想と抱負とを持って開店の由。その人柄の平生の志から見て今に美しいよい店になるかと存じます。何とぞ御念頭に留め置かれて団子坂上辺りをお通りがかりの節は店頭をお顧みの上、不慣れな素人商人夫妻をお教えお励まし下さるようわたくしからも特にお願い申し上げます。不一な開店の御披露を店主に代って

——曰す

一九五一年新春

愛情にあふれ、行文の妙を内輪に矯める程度にして、余裕のある堂々たる文章である。これは茶器を収集するよりも、私にとっては趣味の満足に値する収集品である。無論、

茶器は買えないし、そんなものは買いたくないと言いたいから、この感傷言が吐けるのである。

この引札の筆者は、すぐれた詩を書き、すぐれた小説を書いて来た作家である。現にいまも書いている。当代の代表的な作家である。慣れぬ仕事の本屋を開く人の気質や人柄にも、一と筆だが的確に触れ、それをいたわる気持が充分に見えている。

次に某批評家の書いた引札を披露したい。簡単に手みじかな文章にしてあるのは、通知する相手を小範囲に限っているためだろう。それも、開店する主人を以前から知っている人たちだけに送る予想で書かれたものだろう。これの筆者は、主に児童文学や児童教育について批評文を書き、その方面では第一人者といわれている。ほかに婦人問題についても批評文を書いている。いつも犀利な見方をした理論的な批評文を書く人だが、この引札の文章は案外のどかである。何となく気が置けないような気持がして、つい出かけて行きたくなる。ここがそれを書いた人の狙いだろうか。

永井二郎さんの初代阿佐ケ谷ぴのちおは、まことにたのしいサロンでしたが、その永井さんが今度、中野駅のすぐそばに、中華料理「まりや」を開店しました。昔のままの気楽さです。私たちのサロンにいたしたく開店をお知らせします。小集会もできます。

――四人連名――

「たのしいサロンでしたが」と書いて、次にまた「私たちのサロンに」と書いたのは、酒のみの弱点を心得た仕方である。夕方、友達ほしさに出かけて行く者の気持を知っている。

いま一つ、私の収集品のうちで代表的なものを挙げてみたい。実は、この引札を見てから私は引札の収集を思いついたのである。

はせ川、このたび片商売にうなぎやをはじめました。これは昼間の時間をむだにあけて置くことの勿体ないことがおかみさんにわかったからだそうです。

勿論、これによって、いままでの夜だけのはせ川の商売のそのありかたを、おろそかにするつもりはないそうです。どうぞ幾重にもよろしくと、これもおかみさんのいうところであります。――出前も致すそうです。しかるべく、お引立下さいまし。

なお、鰻に関する料理人については、吾々のよく知っている人ですからどうぞ御信用下さい。

——九人連名——

これの筆者は、劇作家として当代第一人者といわれている人で、演出も堂に入っている。すぐれた小説も書く。名前を言わなくったって右の文章で誰だかすぐわかるだろう。私がこの引札を数人の来訪者に見せたところ、みんな一様に、ダッシのあるところが素敵だと言った。なかには、ダッシのところが「文章の吟がわりだね」と言う人もあった。

一読して、折目が正しく、しかも洒脱であるところが絶好ではないか。とても立派な、すごい文章である。料理屋の引込思案の主人を連れ、客筋を訪ねて「しかるべくお引立下さいまし」と挨拶している人物の様子が浮かぶように描かれて来る。ユーモラスな気分さえも湧いて来る。

（昭和二十六年）

アスナロの木

私の郷里の福山城は、五層の天主閣と三層の櫓と、見晴しの櫓が、みんな用材にアスナロの木を使ってあった。天主閣は三百三十年ばかり前に、水野勝成が築いたものである。三層の櫓と見晴しの櫓は、もと豊臣秀吉の築いた伏見城のお古である。これは徳川秀忠が伏見城を取りはらうとき、そのころ福山に築城していた水野勝成に一部を移譲した名残りである。見晴しの櫓は、もと伏見城内の涼櫓であったといわれている。どっしりとした湯槽のある風呂場がついていた。湯槽も他の部分の造作もみんな用材がアスナロである。秀吉はアスナロが好きであったに違いない。この湯槽で風呂を浴びた淀君は、幼い秀頼の背中に湯をかけてやったろう。秀吉といっしょに入浴したかもわからない。五人や六人ぐらい一度に入浴できる大きな湯槽である。三百何十年もの年代を経た湯槽だが、アスナロの木だから表面二厘ぐらい腐朽していても、誰か好事家がナイフで削ったと思われる跡が真新しい木肌であった。香をかいでみると檜の木の匂が感じられた。いわゆる白木の匂であって、アスナロにはフェノール油の含有量が多い証拠である。この湯槽も、三層櫓も、天主閣も国宝に指定されていたが、三層櫓のほかは戦災で焼け失せた。爾来、私は尚さらアスナロの木に関心を持つようになった。

一昨年、朝日新聞社で奥州平泉の藤原三代の遺跡をしらべた。そのとき中尊寺の金色堂や経堂のことも報道されていた。八百五十年の星霜を経ていても、主要建築材がすべてアスナロであるために、わずかの風化を見せているにすぎぬと書いてあった。私はますますアスナロの木に関心を持つようになった。

東京で私の見たアスナロの木は、高円寺の馬橋寄で空地の端にある小さなものであった。高さ約三尺ぐらいである。しかも道ばたにあるので埃をかぶって枯れかかっていた。私が関心を持ったのはアスナロの大森林である。

幸いこの希望は達しられた。私は青森県の下北半島の恐山湖《うすりいこ》という火口湖へ釣に行く途中、全山アスナロの大森林の眺望を満喫した。山道がこの森林のなかに通じている。まる一日じゅう歩き通しに歩いても、行き尽せないほどの大森林であった。行けども行けども、樹齢三百年前後の大木が立ち並んでいた。道案内の人の話では、アスナロのことを奥羽地方ではヒノキと言っている。北陸地方ではアテ、またはクサマキ、木曾地方ではアスヒと言うそうである。

俗弁説に笑話がある。

元来、この木には名前がなかった。ある日、この木は自分の方がマツやスギより偉いのだと言った。そこで他の木々が「そういうお前は何の木か」と咎めると「わしはヒノキにアスナロウ」と言った。ヒノキの葉を八倍か九倍ぐらいに拡大したのと同じ外見で、コノテガシワに似て、同じくコノテガシワにそっくりの毬果を結ぶ。

但、コノテガシワは葉の裏も表も区別がない。俚諺に「児手柏のふた面」というけれども、この木は風が吹いて葉が裏返しになっても表と同じである。ただ光線の加減で、表裏の区別が顕著になる場合がある。もし表裏の区別があればアスナロと見違えるが、よその庭園などで見るコノテガシワは、幹身六七尺の小木である。アスナロの樹齢三百年前後のものは、高さ百尺に及ぶ。私は芦川渓谷へ釣に行った帰りに、鶯宿峠でコノテガシワの二十尺以上に及ぶ大木を見た。そのとき私は芦川の炭焼小屋で雇った馬に乗っていた。

峠にかかる前、道ばたの芋畑が鋤で耕されたように一面に掘り起されているのを見た。まだ芋を掘る季節でもないので、腑に落ちなかった。馬曳きの炭焼にたずねると、猪が家族づれで来て掘ったあとだと言った。このへんには猪がたくさんいると言う。私は怖れをなして馬を急がせ一気に峠の頂上にたどりついた。汗をかいていた。馬をとめてシャツをぬぐと、頭の上で松籟がきこえた。コノテガシワの珍しい大木が枝を垂れて風に吹かれていた。

「こんな大きなコノテガシワは、いまにお化けになるぞ。」

しかし馬曳きの炭焼は、

「お化けになるのは大きな椿の木だよ。その木は鶯宿峠のナンヂャモンジャの木と言って、盆地の者が目じるしにする木だよ」と言った。

目じるしの孤立した木で、年くっているから枝を垂れている。松柏類でも単独のときには、この枝ぶりの方が落着いている。

塩山の恵林寺で見たナンヂャモンジャの木は、葉が極めて細く、豌豆よりもまだ小さな青い毬果をつけていた。いろいろ種類があるのだろう。名前不詳の木にこの名称を与えるしきたりがあるのだろうか。

アスナロは辞書で見ると「アスナロウ。松柏科の常緑喬木、直立して円錐状をなす――」となっている。円錐状といっても遠望の姿である。一見、それは飫肥杉《おびすぎ》の樹容に似ているが、簇生真直する幹は伸び伸びとして、むしろ秩父杉の観がある。これの大森林のなかにはいると昼でも暗い。ピリッと首筋がしびれるのは鬱気というやつが打って来るためだ。気温の関係ばかりではないようだ。

（昭和二十六年）

つらら

私は樹氷も好きだがツララも好きである。いずれ消えて無くなるのがわかりきっていても、何か意味ありげに、冷気を一身に集めた趣で、しんとして垂れさがっている。しかも明朗な感じで、けなげなところがあると思う。

ツララの形状は種々さまざまである。その標準形は、洞窟のなかの鍾乳石と同様にタケノコを逆さにしたような恰好である。また、鍾乳石と同じように、大きな洞窟内に巨大な円柱型で天井を支えているのもある。鯨の歯のように、何枚も平べったいのが並んでいるのもある。それが順々に小さくなっている場合には、一枚ずつ順次に杖で軽くたたくと、ド、レ、ミ、ファ、ソ、ラ、シ……と色わけして音を出すことがある。鍾乳石もこの様式のものは小槌で打って行くと、ド、レ、ミ、ファ……と音を出す。いつか私は土佐の高知から室戸岬に行く途中、龍河洞という鍾乳洞で、ド、レ、ミ、ファ……と鳴る鍾乳石を小槌でたたいたことがある。その鍾乳石のそばに、可愛らしい小槌が置いてあった。この洞窟は、上下縦横に通じている洞穴が二つの群に分れ、一つの群は、這入って行くのが危険で全長の測定がまだ出来ていないそうであった。もう一つの群は合計一キロ半の長さである。洞穴が狭くなったり広くなったりして、広い部分はちょっとした庭くらいな面積を持っているのもあって、天井からびっしりと鍾乳石が垂れ、地面にもびっしり石筍《せきじゅん》が立っている。ところどころに一と抱えもある大きな鍾乳石が地面と天井とをつないでいる。まるで円柱と同じ恰好で殿堂のなかのような様相を現わしている。石筍の群にカンテラの光を当てると、白く光って地獄絵で見る針の山とそっくりである。地獄絵を初めて描いた人は、こんな石筍の群から針の山の暗示を受けたかもわからない。この洞窟内には、ところどころに深く掘れさがった穴がある。石ころを投げ込んでも音が聞えないほど深い穴もある。無間地獄に通じている。

鍾乳石は何か陰惨な感じがしてあまり面白くない。ツララの方に好感を持つことが出来る。

私は子供のとき、水車小屋の水車の輻《や》に出来るツララに畏敬の念を抱いていた。それは、毎年の冬、敷布を干したような恰好で水車の輻に垂れさがっていた。私はこのツララを回想して次のような文章を書いた。

つらら

場所は
甚九郎方裏手の水車小屋

毎年冬になると
その水車の輻につららが張る
敷布をちょうど干したように
幅のひろいひろいつららが張る

そのつららを表から見ろ
それからまた裏から見ろ
千羽がらすが写り出る
おのれの顔が写り出る
そこで息を吹きかけ耳を寄せろ

また息を吹きかけ耳を寄せろ
それを年の数だけくり返せ
それからつららを打ち砕け
この瞬間
骸骨が通り去る

場所は
甚九郎方裏手の水車小屋

ツララのうちで頓狂な形のものは、崖の根に瘤のように固まっている団子型のものである。ただ徒らに、ずんぐりでっかい代物である。これはツララというよりも氷の団子というべきだが、もしツララに関する権威者があれば、なるべくこれもツララの部類に入れるように願いたい。私はこれを団子ツララと名づけたい。遠くから見ると、白い大きな動物がうずくまっているように見え、近づいて見ると、とりつくしまもないのっぺらぼうの氷の団子である。あざ笑っても蹴っても頑として動かない。岩よりもまだ無口である。

この団子ツララには、私は御坂峠頂上の隧道のなかでよく行きあった。バスの光芒に照らされて、きらきら光って視界に入る途端、私は「やあ、今年もまたそこにいるな」と呼びかけたい。これは毎年の冬、隧道の出口に近いところに生じるが、どういうものか年によって恰好が違っている。オットセイのような恰好に出来る年もある。達磨さんのような形をしている年もある。土が崩れ落ちたような形に出来る年もある。不断、この隧道は天井から頻りに雨滴をしたたらせ、冬になるとその雨滴がみんなツララになる。短いツララ、太いツララ、細いツララ、長いツララ、種々さまざまのツララが天井いちめんに出来る。この隧道の出口の茶店に泊ったとき、隧道のなかのツララを見に行った。天井のツララが今にも落ちて来そうに思われて、ながくじっと仰いで見る気になれなかった。上から落ちて来たら頭を突き刺すだろうと思われた。だが、ここのツララは種々さまざまな形でありながら、すこぶる配置がよくとれている。

ツララの円柱型のものでは、私の見たうちで一ばん大きいと思ったのは大歩危小歩危《おおぼけこぼけ》の近くで見たツララである。大歩危小歩危というのは、部落の名称か、それとも難所の名前だろうと思われる。四国の吉野川の上流にある。山が迫って谷底を瀬の早い渓流が流れている。その川岸の高い崖と並んで、三抱えもあるような円柱型のツララが出来ていた。これが滝水の凍ったのなら珍しくないが、突端が笠になっている屏風岩と並立している大きなツララであった。崖は灰褐色で、ツララはほの白く見えた。汽車の窓から川を隔てて見たにもかかわらず、驚くべき大きなツララに見えた。その翌年、またここを通るときには夜であった。窓外の暗闇のなかに山火事が二ヶ所に見えた。火が液体か何かのように、裾の方になるにしたがって、どろりと濃くなっていた。汽車が鉄橋を渡るとき、一瞬、渓流にその山火事が写り出た。

私の見た軒のツララのうちで、一ばん大きいと思ったのは、最上川上流の農家の軒に垂れていたツララである。川沿いの発電所の近くにある農家であった。そのツララは形が三角巾を垂らしたように幅広く出来て、先の方が地面すれすれのところまで伸びていた。このあたりの農村はよく冷害を蒙るということで、その数年前の秋に出かけたときには稲が五寸ぐらいしか伸びていなかった。無論、稲穂は皆無であった。農家の人たちはそれを刈り集めて田圃のなかで焼いていた。村の子供たちは道行く人を呼びとめて、紅葉した大葉ヤマモミジの枝を一枝二銭で売っていた。荒涼の気分が出て情けないことであった。その数年後に見た三角巾のような大ツララは豪華であった。

ツララのうちで、侘しげなのは苫屋のツララである。よほど前、私は山陰地方のクケドウの付近で釣船の苫から垂れているツララを見た。その釣船は波のたたない湾内につないであった。真菰か何かで葺いた苫屋根に、小さなツララが幾つも並んで垂れていた。侘しげに見えたのは、辺りの風景の影響であったろう。風がないのに崖の上の松が松籟《しょうらい》を聞かせていた。その場所を素通りして振りかえると、苫屋の棟に島ツグミが一羽とまっていた。これは憂鬱な感じの鳥である。

せんだっての大雪のあと、私のうちの玄関の廂からツララが垂れた。廂の上の雪が、ずれ落ちそうになったまま、その雪の端からツララを垂らし、長さ一尺ぐらいなのが二つ出来ていた。玄関の出入りに邪魔だから、私は踏台にのぼってそのツララを雪といっしょに少し片寄せた。しばらくして玄関に出てみると、ツララは二本とも無くなっていた。

（昭和二十六年）

早稲田界隈

先日、大吹き降りの前の日に、下戸塚の甘泉園をのぞいて見た。そこの入口のところで一人の学生に聞くと、一般の者は滅多にここには来ないと言ったので、私はのぞいて見るだけにした。以前、ここは相馬家の邸であったのを早稲田大学が買受けて、学生の遊歩地にしているそうである。私は学生のころ体操の時間に、ここへ引率されて来たことがある。築山があり泉水があり、人工による庭園だが、いま早稲田界隈で昔の趣を残しているのは、この風景の外にはないだろう。

甘泉園から引返すと、早稲田大学の構内を素通りして、大隈さんの邸跡に移築された飛騨の山奥の農家を見た。この邸も、すっかり昔の面影が無くなっている。大学構内の建物も、私の在学していた時代のものは一棟もない。昔の正門は、いま通用門になっている。その門前の高田牧舎という洋食屋も、近代風に面目をあらためている。

「この店に、ハルちゃんという人がいる筈だが、健在かね」——いつか、この前この店に寄ったときにたずねると、昔のハルちゃんより年とって見える女が、「ハルちゃん？あのオハル婆さんのことですか。大塚の方にいますけれども、丈夫です」と言って、しげしげと私を見た。

この店の前に続く道は、江戸時代からあった古い往還だろう。私が在学時代には、この道は縦に二段になって続き、高い方の道ばたに並木松が二本か三本か枯れ残り、低い方の道との堺に溝川の痕跡が見えていた。そのころ町の人たちは、この並木松のことを太田道灌の駒つなぎの松と言っていた。道灌のことは別として、大昔には並木松の下の溝は、もっと広い流れであったろう。現在、戸山学校の裏手の高みから流れて来る溝川は、もとの誓閑寺裏と高等学院の堺を流れて三朝庵という蕎麦屋の裏手の町並のなかを通りぬけ、学生ホールの裏手で暗渠に通じている。この暗渠は鶴巻町通りの地下を斜めに潜って、関口大滝のところへ抜けている。

これは私の想像だが、戸山学校の裏手から出る流れは、大昔にはちょっとした小川に似たほどのものではなかったろうか。高田牧舎の前にあった溝川の痕跡は、流れの岸寄りに蘆など生えていた部分の名残ではないだろうか。小川に似た流れなら、人工的に水の筋を右か左に動かすことは造作ない。並木松の下にあった溝の痕跡は、大体において三朝庵の裏手の流れと並行につづく形を見せていた。先日の私の所見では、戸山学校の裏手の山は切り崩された荒地になっていた。床屋の親爺さんの話では、山は戦争中に切り崩されて陸軍の食糧研究所が出来ていたが、徹底的な空襲を受けた。最近になって、やっと焼跡の土台やコンクリート造りの水槽が取払われたそうである。

以前、この付近の人たちは、戸山学校裏の山を箱根山と言っていた。小造りだが、ちょっとした深山のような面目を持って大木や下草が鬱蒼と茂っていた。谷があり、沢から水が湧き出ていて沢蟹もいた。雉もいた。山のぐるりをめぐって急に人家が増えて行ったので、沢蟹も雉も人家で取りかこまれたままに観念していたものだろう。この山は戸山学校の敷地と共に東京で標高第一である。秋になって渡鳥がこの箱根山の真上の空をよく通るのは、そのせいではないかと私は思っていた。しかし動物学の本によると、必ずしもそんなものではないらしい。

たしか大正七年か八年に、この山の北側の山裾が削り取られ、平坦な広い地面が出来て早稲田第一高等学院が建てられた。すると学院の東側にある誓閑寺は、西側が広々とした学校のグラウンドになったので、裏山の墓地のはずれを住宅地に開拓して棟割の二階屋を建てた。私はその南のはずれの家の二階に下宿した。この家は、六十ぐらいの婆さんが二人に、孫娘が一人の女世帯であった。

　私のいた部屋は、東側が誓閑寺の古い墓地で、新しく切りとられた土の崖が窓のすぐ外に立ちはだかっていた。冬になると、その崖の土がぽろぽろ崩れて落ちる微かな音をさせ、崖の根に土がたまるので、宿の婆さんが殆ど一日おきにその土を空地に運んでいた。ぼろぼろの赤土だから甚だ脆いのである。一日に何ほど宛か崩れて行った。崩れて行くにつれ、墓地だから土に嵌っている髑髏が現われることもあった。人骨が崖の根に落ちていることもあった。ある朝、私は寝床のなかにいて、婆さんが崖の下で「あれまあ、野晒が落ちてるよ。ねえさん、すまないけれど棄てて来てくれない」と言うのを聞いた。もう一人の婆さんが「冗談じゃないよ。寺の坊さんに知らせて来るよ」と言っていた。私が出来るだけ愚図々々して、やがて顔を洗いに出たときには、もう崖の根は片づけてあった。

　この家の西側も土の崖になっていて、土くずれを防ぐために板を当てがって杙で留めてあった。この崖の下の小さな溝が、高等学院のグラウンドとの境界である。日曜日には学院の生徒が一人もいないので、近所の子供たちが崖のところの杙を伝ってグラウンドに降りて行って箱根山へ遊びに行った。普通、この山へ行くには戸山学校の構内を通りぬけなくてはいけないので、一般の者には箱根山の探検は出来なかった。しかし裏手の学院のグラウンドから行けば、山は広く、谷あり森ありだから見咎められる心配がない。

グラウンドと箱根山との境界には、六尺ほどの高さに鉄条網が張りめぐらされていた。子供たちはこれを乗越えるについては工夫に富んでいた。一ヶ所、鉄条網の向側の茂みから、太い山桑の幹が殆ど横倒しになってこちら側にのぞいていた。子供たちはその幹に、結び瘤のたくさんついている太めの縄を投げかけて、それを伝って取りすがり、幹づたいに向側へたどりつく。これは子供の棒昇り体操の実用化だから面白い。しかも東京市牛込区内に、これほど堂々たる山桑が生えているのは大したものである。いつもながら私はこの桑の木に感心した。鉄砲虫の穴など一つもない見事なものであった。私も結び瘤のある縄を頼りに境界を越えていた。

子供たちは主に沢蟹を漁っていた。沢づたいにのぼってから尾根を降りて行くと、兵隊の射的場に仕立てたと思われる平坦な土地がある。一面に茅が生え茂り、これが射的場であることは誰からも忘れられているものと思われた。三方に木が茂って、一方にはもう一つ射的場があるような形跡に見えた。森閑として気味が悪いので、それから先には行かなかった。私は前後何回か箱根山を探検して、一度も兵隊に咎められなかった。兵隊の姿も見かけなかった。

おそらくこの山は、江戸時代には本城を守る枢要な場所であったろう。すると親藩の藩主の屋敷に取入れられていたかもわからない。一昨日、友人にその話をすると、江戸時代の戸山のことは太田南畝の「金曾木」に書いてあると教えられたので読んでみた。しかし私は当時の地図を持たないので、果してこの山がそれに言ってある範囲に入るかどうかわからない。江戸の高田に和田戸山というのがあり、御三家の尾州屋敷になって、戸山屋敷というなかに町屋の景色があった。その町屋の入口に制札があったと書いている。制札の文句も書いてある。ずいぶんふざけた制札だが、尾州公お好みの文の由、尾藩某々より書きてもらいしなり、今はなき人なりと、南畝の説明がある。

屋敷のなかに町屋があったとすれば、屋敷は相当な広さに及んでいたことだろう。田舎の一つの大字くらいの広さはあったろう。しかし現在の地名町名からではその範囲がわからない。東京の顔役は地名町名を勝手に変えるので混乱して叶わない。私は上京直後に、現在の高田馬場駅の付近を徘徊して、堀部安兵衛仇討の跡を空しく捜しまわった。それから半月ほどして、下戸塚の道ばたで、当所が安兵衛仇討の跡だと記してある石碑を見た。植木溜の入口に立っている大きな安山岩の碑であった。現在の甘泉園の前方であったと覚えるが、これも東京の場末で地名が移り変っている一つの例だろう。高田馬場なら高田馬場、下戸塚なら下戸塚、源兵衛なら源兵衛と、なぜ地名をそのまま残さないのだろう。現在の私のうちは、昭和二年ごろには豊多摩郡井荻村下井草であった。それから暫くすると杉並区井荻町下井草に変わり、三変して現在の杉並区清水町になった。わずか三十年たらずにこの変化である。早稲田界隈は一大飛躍で新宿区の区名をつけられた。

私は忘れていた。早稲田界隈にも、まだ昔のままの風景を残しているところがあった。高台に見える細川邸の遠景と、関口大滝のところから見える椿山荘である。細川邸の裏通りはごみごみした低地だが、以前、私は二ヶ月ばかりそこの金物屋の二階に下宿したことがある。私のいた部屋からすぐ上の細川邸の高い庭を見上げると、空を背景に芝生の稜線が見え、晴れた日にはゆるやかな線が何とも言えず美しかった。ときどき、その芝生に現われる雉が見えた。そのつど私は固唾を呑む思いで眺めたが、相当の雑音がきこえてもこの雉は悠々と歩きまわっていた。あるいは雉でなくて孔雀であったかもわからない。かつて河上徹太郎は、戦災で家を焼かれたあと暫く細川邸の孔雀小屋に避難していたという。もしも金物屋の二階から私の見たのが孔雀なら、すこし年月の隔りはあるが、河上はその孔雀のいた小屋に逃げこんでいたわけかもしれぬ。私は雉だと見た自分の記憶を毀したくないが、雉ならば小走りに動きまわっていた筈である。箱根山の雉は小走りに敏捷に動きまわっていた。地震のときには必ず鳴いたので、三羽も四羽もいるのがわかった。

私は学生のとき、椿山荘に対して反感を持つべきだと思っていた。これは当時の文科学生の常識によるもので、その実、山縣有朋の政治的業績については殆ど知るところがなかった。

椿山荘のそばに芭蕉庵があった。松尾芭蕉は若いころ、関口大滝の疎水工事を元締していたという。それを記念するためか、または芭蕉がここに元締小屋を置いていたためか、とにかく芭蕉庵という屋敷があった。体操の時間に教師が私たちをそこに引率して、暫く休息させたことを覚えている。庭に幾株かの芭蕉葉が植えてあったので、「鼻につくね」と級友の一人が言った。私は体操教師の名前も風貌も忘れたが、歩行演習で行ったさきの様子は記憶にある。

「おい、芭蕉庵は、今でも残ってるだろうか。」

――たったいま、私が家内を呼んでそう言うと、

「知りません。いま私は、物置を片づけているところです」と言った。

私の家内は牛込の生れである。小学校の子供のとき、二三人の友達と関口大滝のすぐ川上の貸船に乗ったそうである。そのとき、大滝の樋が一つ開門されていたのを知らなかった。樋を閉じてなければかなりな水流だが、子供ばかりのことだから船の漕ぎかたもろくにわからない。船がぐるぐる回りながら流れて行くので大声で助けを求めると、滝口に差しかかる寸前に、その川上で布を晒していた職人が駆けつけて来て助けてくれたそうだ。この話を私は、ずいぶん前にも最近になってからも家内から聞かされた。


（昭和三十年）

源太が手紙

未知の人から身の上相談の手紙を貰った。

その人の年齢は手紙に言ってない。名前は伏せておくが、関西もずっと西寄りの山のなかの人で、郵便配達夫である。文面から察するに、律儀者ではあるが少しばかり気の弱いところがある。

その手紙を次に抜書きする。（文中、括弧内の付記は私の仕業である。）

「……一つの手紙を配達するにも（はるばると）往復せねばならぬ辺鄙な一部落があって、行くにも寄り、帰るにも寄る一戸の離れ家がある。夏の暑いとき、冬の寒いときなどには、五分間ほどその家に憩《ママ》へ行く習慣になっていた。その家には五十を過ぎた目の悪い後家さんと二十二三くらいな娘さんと二人住んでいた。（自分が配達に行くたびに、目の悪い後家さんは）その手紙はどこから来ましたかと聞く習慣を持っていた。こんな関係で、いつも差出人の住所（姓名）を読んできかす。彼女は有難うである……」

この句切のところの表現に私はひやりとした。

「（中略）娘さんも毎日、私が配達して行くことと、手紙の来ることばかり待っていた。その娘さんには源太という恋人がある。或日のこと、（娘さんから）この手紙を頼みますと言って、三四通投函を頼まれた。承知しました。彼女は、すみません。（と言った）なにぶん辺鄙なところであるから、郵便屋さんに頼むのも無理もなけね《ママ》ば、これが普通のように思っている……」

「ところが、娘から渡されたその三四通の手紙を鞄に入れ、帰って来てから気がついた。自分あての手紙が一つあった。開いて見ると、今後は川上源太から娘あてによこした手紙は、母親の手に渡さずに保管しておいて下さいと書いてあった。」

「その翌日、たまたま往還で娘さんと出逢った。さっそく娘さんが、『昨日のことがわかりましたか』と言った。『わかりましたが、承知は出来ません。郵便配達夫が、人の信書を持っているということは困ります』と答えると、『何とか、よい方法はありませんか』と言う。『それでしたら、お宅の鶏小屋の庇の裏に差しておきましょうか』と言うと、娘は暫く考えて、『鶏小屋のなかの棚に、モッコを重ねてあります。

その一ばん下のモッコのなかに入れておいて下さい』と言った。それを承知した。以後、源太からの手紙は、鶏小屋のなかの古びたモッコのなかに入れて来るようになった。（中略）」

モッコというのはフゴのことで、土や石ころなど運ぶ藁細工の農具である。これの古びたものは滅多に使用することはない。貴重品を隠しておくには、仏壇の下の戸棚よりも却って究竟《くっきょう》な場所である。娘さんが咄嗟にこの隠し場所を思いついたのも、恋のさせるわざである。

「私は娘さんの思いつきを、いじらしいことだと思わねばならなかった。ああ、若い者の恋に、幸いあれと私は願っていた」と詠嘆的に書いてある。

さて、源太の手紙に関するかぎり、娘さんには無事な日がつづいていた。ところが或る日のこと、つい郵便屋さんは迂闊なことをした。

「（中略）その後も、やっぱり源太から手紙は矢のように来ていたのであったが、（つい自分は約束を）忘れて（手紙を）新聞といっしょに母親に渡した。どこから来ましたか。（と母親が言うので）見れば、源太からの手紙である。自分は躊躇した。しかし嘘は言えないので、常子さんへ宛ててありますが、お友達からでしょう。（と答えると）母親は万事を知ったか、源太の手紙ならば、娘には渡しませんよ。娘には言わずにおいて下さい。封を開きますから、あんた読んで下さい。（と母親が言うので、自分は答えた）奥さん、そんなことは出来ますまい。他人の信書を開封することを、私は幇助できませんから。――自分は悪いことを請合ったものだ。娘さんへも相すまぬ、母親へも相すまぬ。それかと言って、娘さんから頼まれたことを母親の前で話す力もなかった。自分はますます迷って困っていたところ、母親は源太のことを悪く言い、ついに自分（郵便屋）のことを悪く言いだした。悪党の源太の、ろくでもない手紙を取次ぐ郵便屋は、この家のためには貧乏神だと言いだすのであった。奥さん、やめて下さいと私は憤然とした……」

それからというもの、目の悪い後家さんと郵便屋は口もきかないようになった。ただ一言「郵便」と言って、縁側に郵便物を放りだして来るだけである。娘さんも母親とは口をきかないような状態で、それに郵便屋さんにも「御苦労さん」とも言わなくなった。そのくせ郵便屋の姿を見ると、娘はすぐ鶏の餌を入れた桶を持って鶏小屋へ出かけて行く。

鶏小屋は納屋の石崖の下にあるので、ことに目の悪い母親には娘の企みがわからない。

郵便屋も堂々と鶏小屋に足を踏みこむことが出来た。源太の手紙は結構それで娘の手に渡っていたが、「月にむら雲、花に風。私の困ることが起った」と郵便屋さんは書いている。

日曜以外の日は、娘は隔日に二里ちかく離れた町へ洋裁を習いに行く。無論、娘の留守のときには母親が鶏小屋へ餌を持って行く。

「（ところが）運の悪いときには悪いものであった。私が鶏小屋から出たところを（母親が）こりゃ貧乏神、卵盗人と言った。あまり大きな声であったので、思わず（私は、あたりを）見回した。（私は卵盗人ではなかったが）何も言うことが出来ず、すごすご帰った。」

「帰りに娘さんに出逢ったので、わけを話そうと思った。私は立ちどまった。娘さんは口もきかないで行ってしまった。（その様子は私に向って恰も）善処なさることがよいでしょう、私も急ぎますから、と言っているようであった。私も、ひとりその場を去った……」

このようにして郵便屋さんの煩悶がはじまった。いったいどうしたらいいだろう。母親に事情を打ちあけるには、時を失っているように思われる。角を矯めて牛を殺すというように、却って悪い結果になるかもわからない。この状態に立ちいたった上は、自分本意に考えると、源太が娘さんのところへ婿におさまるのが一ばんである。そうすれば後で笑い話にもなる。しかし今になって漸くわかったが、源太という青年は他国から来た者の息子で無頼漢に近い。どうしたらいいだろう。

郵便屋さんは、その身の上相談で長い手紙を私によこしている。この話を小説に書いてくれてもいいと言っている。その手紙には「源太が手紙」という題をつけてある。

（昭和三十年）

祝賀会の夜

この数年来、私は年末年始には何か一つ二つしくじりをした。酒を飲む機会が多いのと、そそっかしいためである。

今年は、明けてまだ外に出ないので無難だが、去年の暮には一つ手ぬかりをした。川端康成作「山の音」の野間賞受賞祝賀記念会の夜であった。

当日、この祝賀会に出席するつもりで外出の支度をして、時間が早すぎるので炬燵にあたって新年号の雑誌を読んだ。つい読みふけっているうちに、定刻をすぎたことに気がついたので、大急ぎで角袖外套を羽織って会場の東京会館へ行った。

ちょうど授与式が終って、二階の宴会場でカクテル・パーティーが始まっているところであった。私は外套をぬいで荷物預所の女事務員に渡し、受付で署名した。何だか肩が冷え冷えして、羽織を着ていないことに気がついた。外套と一緒に羽織もぬいで渡したものと思ったので、女事務員に札の番号を見せ、「羽織ごとぬいでしまったから、羽織だけ返してくれませんか」と頼んだ。

女事務員はくすりと笑って、たたんだ外套のなかをさがしていたが、「はい、ございました」と言って引張り出した。それは羽織でなくてマフラーであった。女事務員はあわてて外套を拡げてふるったが、それでも見つからないので棚のところに行って捜しはじめた。

私は羽織を着ないで家を出たことに気がついた。炬燵の火が強かったので羽織をぬぎ、それを小屛風に投げかけたことも思い出した。時計を見て大急ぎで外套を着て飛び出して来たことも思い出した。

受付には主催者側の講談社の社員が数人いた。そのうちの一人で「群像」の川島君が私のところにやって来て「何か悶着でも起きたのですか」と言った。「いや、羽織を忘れて来た」と答えると、川島君は「羽織なんかなくてもかまいません。平気です。どうぞ会場へはいって下さい」と言った。しかしこの寒中、羽織なしで出席しては奇を好む人間と見られるだろう。

「僕は帰る。」「いや、折角ですから」と二人で押問答していると、宴会場から出て来た中野実が、私の立往生している事情を知って愉快そうに笑いだした。「君は、人の失策を喜ぶのか」と私は抗議しながらも一緒に笑った。「しかし、このまま帰れまい。どこかで飲もうか」と中野が言うので、二人で外に出て料理屋に寄った。

中野とわかれたときには私はかなり酔っていた。荻窪まで帰って駅前通りを歩いていると、私の目の前で自動車が急停止して、運転手が私を呼びとめた。見ると、三角寛の車の運転手であった。座席に三角寛が乗っていた。三角は「オレも野間賞の会の帰りだ。さっき夢声さんを送りとどけて、そこの駅前のすし屋で飲んでいたところだ。よいところで会った、引返して飲もう」と言うので、すし屋に行った。

なぜ酒飲友達はお互にあっさり別れられないのだろう。すし屋の帰りに三角は車で私を送りとどけてやろうと言った。私は車に乗ると、すぐ前後不覚に眠ってしまった。ヒーターがはいっているので寒くない。気がついたときには、もう夜が白々と明け、私はまだ三角と並んで車に乗っていた。

間近いところに山が見えた。青い淵を持った谷川も見えた。「おやおや、ここはどこだ」ときくと、三角は落ちつきはらって「秋川渓谷だよ、よい風景だろう。君はよく眠ったよ。俺に凭《よ》りかかって寝たぞ」と言った。

私は石舟閣という旅館に連れて行かれ、すぐ置炬燵にはいった。三角は山窩の研究のため、以前たびたびここに来たそうである。窓の直下に渓流がある。甲州さかいの高い山の峯に、折から朝の第一光が当っていた。

（昭和三十年）

め組の半鐘

東京新聞に、め組の半鐘についての記事が写真入りで載っていた。

「芝の神明神社の倉庫のなかにめ組の喧嘩のとき打ち鳴らされた半鐘が大事に保存されている。半鐘としては極めてありふれているが、これにまつわる話が変っている。昔、江戸の町火消のなかでも、め組一家は気の荒いことで有名であったと言われるが、このめ組一家と相撲取の四ツ車大八、九龍山波右衛門が、ささいなことから神明神社の境内で喧嘩の血の雨を降らせた。今から百五十三年前の文化二年二月のことで、後に『め組の喧嘩』としてお芝居にもなっているほどの大騒動であった。当時、神明神社の境内は広く、さかり場の観を呈していて、芝居がかかり、しばしば相撲興行も催されていた。例によって、その年も江戸座の芝居がかかり、め組の辰五郎が子分を連れて枡席で見ていると、そこへ来合せた相撲取が過って辰五郎の枡に割り込んだ。日頃から反目している両者だが、このときは有耶無耶に事が落着した。ところが、その後間もなく神明神社の境内で四ツ車大八等一行の花相撲が行われ、このとき辰五郎が子分を連れて見物に行くと、事が面倒になって、いざこざが起った。そこでめ組一家は、いったん引取って火消の装束に整えた上、相撲小屋へ殴り込みをかけた。大騒ぎが始まった。め組一家は持ち前の身軽さで境内前の人家の屋根にかけあがり、屋根瓦を投げ鳶口をふるって大あばれ。相撲取も力にまかせて梯子や丸太を手当り次第に投げつけ、大立回りになった。これを知った辰五郎の女房なかは、とっさの思いつきで元浜松町二丁目にあっため組の半鐘を打ち鳴らし、散らばっている子分たちに急を告げた。半鐘は火事以外のとき鳴らしてはいけないが、この禁制を破ってめ組の者の危急を告げたのだ。しかしその甲斐もなく、双方ともに相当の死者、怪我人を出し、辰五郎も死んでしまった。この喧嘩は後に裁判沙汰になったが、『喧嘩の原因はめ組の半鐘が鳴ったためで、罪は半鐘にある』と時の奉行の粋なはからいで双方に罪人を出さず、半鐘だけがしばられて三宅島へ流された。その後、明治になって半鐘は許され、神明神社に奉納された。」

私はこの記事を見て、半鐘を中心にして髷物小説を書こうと思った。

当時、相撲取は武家を後盾に持っていた。その相撲取に対して、町人に馴染ふかい町火消が殴り込みをかけたのである。しかるに武家である取調べの奉行は、半鐘だけ縛って遠島にした。殿様らしい鷹揚なところを見せている。

私はこの取調奉行が半鐘に刑罰を申渡すに際し、どんな手続をとったかという点に興味を持った。形式を重んずる役人のことだから、いくら粋な奉行にしても一応は刑吏に命じて半鐘を折檻させているに違いない。また、半鐘に流刑を言い渡すには、傍役人に命じて作法による申渡書を朗読させているに違いない。次に半鐘が島流しにされてから、島ではどんな風な取扱いを受けていたか。この疑問について、自問自答の形で半鐘を主にして書いてみたいと思った。

半鐘が三宅島に流された話は、いつか私も何かの本で読んだような気がするが、確かなことは覚えていない。いずれにしても流刑に処せられた半鐘は、島の流人小屋に置いとくわけにも行かないので、村割流人と同じく島民の家に預け置かれたろう。それを預かった家では、文化二年このかた明治まで代々にわたって煩わしい思いをしたことだろう。

私は浅沼悦太郎編纂にかかる「三宅島歴史年表」を調べてみた。この書物には、伊豆七島に流された罪人の名前や罪状や、島逃げした者の名が年代順に書いてある。しかし半鐘に関する記録は見つからなかった。文化二年以降、三宅島へ流された罪人は他の島から移されて来た者だけで、本土から直接流罪にされた者は一人もない。編纂者の手落ちではないかと思われたので、三宅島に在住し、島の古記録を保存している浅沼悦太郎氏に手紙で問い合せた。次のような返事を得た。

「(前略) 半鐘について、そういうことは当時の日記にもなく、また伝説としてもありません。伊豆七島のうち、文化二年に火消人夫らしい者の流罪は、

　文化二年丑年四月十九日

　　御船中、杉山藤之助様御掛

　　　八丈島流罪、新島船

一、喧嘩仕り相手片輪に致し候御科

　火消役水野監物中間

日蓮宗　八助 (丑　二十八歳)

この八助一人のみでありまして、三宅島にも新島にも火消の流人はありません。(寛政以後、本土から直接の流罪は八丈島、新島のみ)水野監物の火消役なれば、あるいは大名火消でありまして、め組ではないと思われます。尚、島内の半鐘を方々しらべましたが、いずれもお寺の半鐘でした。半鐘としても質の良いものはありません。

(後略)」

寛政以後、三宅島へ流人を送るのを止したのは、乏しい食糧事情を斟酌した上だろう。「三宅島歴史年表」で見ると、わずかながらも人口が増える一方で、寛政から文化文政にかけて「島民の渡世難儀につき」という言葉が随所にあらわれる。島逃げを企て、入牢または病死を遂げた流人もかなりの数に及んでいる。しかし飯を食わす心配も逃げる心配もない半鐘なら、流人船でなくて便船で送るぶんには手数もかからないし、島の者にも負担がかからない。文化五年には異国船非常手当のため、代官や支配勘定鉄砲方というような役人が渡島して、鉄砲五十三梃を各村に割付け、御道具番というのを置いたという。

このときの船に、め組の半鐘を乗せていたということにしたらどうだろう。沖合に異国船が見えたら合図の半鐘を叩く。一挙両得である。そのために島送りされたのだとしたら、め組の半鐘は異国船見張番所の火見櫓の上に吊りさげられたろう。もう縄は解かれ、その傍に一つの新しい槌が添えられている筈だ。しかるに、時の島役人たちは、島を視察してまわる代官や支配勘定鉄砲方の応待に気を取られ、半鐘の由来を書きとめることを怠っていた。仮にそういうことにしても島役人に阿《おもね》るものとは言われない。

そこで半鐘に流罪を申渡した奉行だが、これは芝居の「め組の喧嘩」の終幕で引合いに出される二人の奉行のうち、いずれか一人の奉行であろう。この芝居は明治二十三年に竹柴其水の書いたもので、チョボずくめの三幕目、喜三郎内と辰五郎内の二場は特に黙阿弥が書いたということだ。文化二年から七十年を経た後の創作だから、どの程度に事実を取入れているかわからない。私はこの芝居の筋書を読んでみたが、縄目を受けた不憫な半鐘のことには触れてなかった。しかし、竹柴其水は根も葉もないことを書いたのではないようだ。あるいは、この芝居のできる前に、講談または祭文か何かによってめ組の喧嘩が語り伝えられていたかもわからない。私は文献収集癖のある友人に頼んで調べてもらった。

それによると、講談または祭文の有無は知らないが、芝の神明神社の境内で相撲取と火消人夫の喧嘩があったのは、文化二年二月十六日、勧進相撲の八日目興行の日であった。水引という相撲取が「鴟《し》の者ども」と喧嘩して、四ツ車という相撲取が加勢闘争に及んだ。四ツ車が先に手出しをした。そのうちに半鐘が鳴りだしたので、「鴟の者ども」の仲間が鳶口や梯子を持って助勢に馳せつけた。すると四ツ車が梯子を奪い取って振りまわすので、誰なりとも近づくことならず、人家の屋上より瓦を投げるのみ、という有様であった。但、「鴟《し》」というのは、夜出で他の鳥を捕って食う悪鳥のこと。「鳶」は「鴟」の一種である。だから「鴟の者ども」とは、気の荒い鳶職たちの意味だそうだ。四ツ車はそれを屋根へ追いあげたほどの男だから、よほど怪力の乱暴者であったと見える。

いま一つ、文献収集癖の人の話では、文化二年当時の江戸奉行のうち、寺社奉行は大久保安芸守と言った。町奉行は根岸肥前守という武家で、寛政十年から文化十二年まで、十数年間にわたってこの職にいた。性格は不明にしても根岸肥前守は「耳袋」の作者だから、この人が主審者だとしたら半鐘に罪をきせても不思議はないだろうということだ。

新聞に載っている写真で見ると、め組の半鐘は一ぷう変っている。肩のところの乳が皆無である。袈裟も縦のものは一本もなく横条ばかりたくさん浮いている。抹香くさい印象を避けるためか、撞座のぐるりにも龍頭にも、梵鐘と違っていっさい飾が入れてない。それに普通の半鐘よりも見かけが質素である。一面、また威勢のいい感じもする。私はこの半鐘の新聞写真を切抜いて、地方で梵鐘や半鐘の鋳物工場を経営している友人に送った。製作年代の鑑定を受けるためと、鋳物工場主の参考に供するためであった。次のような返事が来た。

「（前略）無論、生産の土地によっても、時代によっても、いろいろの形癖があり得るわけです。め組の半鐘には、年代、産地など彫字があるのではありますまいか。写真ではわかりません。うちの鋳型職人に見せましたところ、見なれぬ鋳型とて頭をひねり、ツブシ値にすれば大体五千円程度のものだろうと申しました。愚答如此。」

ツブシ値云々の一言から甚だ殺風景な返事に見えた。

め組の半鐘は罪状を申渡され、白洲で折檻されたと仮定する。刑吏は鞭で半鐘を叩き、禁を犯して鳴った罪科を罵るのである。刑吏は白洲の作法を尊重しなくてはならぬ。形式通りの折檻を略して縄をかけたりすると、罪状を申渡した奉行の面目をつぶす。刑吏はそう信じて疑わない風をする。さもなければ自分が職を失うおそれがあると思っている。半鐘を罵る声は、一室でお茶を飲みながら休息している奉行の耳に聞えるかどうか。いっそ割竹で叩いた方が有効である。次は、横に転がして別の方法で折檻する。

この半鐘は直径約三十三センチ、高さ六十センチと新聞に言ってある。写真で見ると、このごろの普通の半鐘よりも少し長めの形にできている。

（昭和三十三年）

日曜画家

今年の正月早々に盲腸炎で入院して痛い目にあった。盲腸の手術は今日では手術のうちに入らないと言うが、化膿したり悪化したりすれば痛さに変りはない。その痛さが私には痛すぎた。額から脂汗が出た。自分の呻き声だけが、わずかに痛さを和らげてくれるようであった。人間病気になると、なぜこんなに痛い思いをしなければならないのだろう。これほど痛くさせなくても、自分は病人だということがわかっているから大事をとる筈だ。そう思う一方、退院したらこれまでの放埓な飲酒を止して、絵を習うことにしようと思った。苦しまぎれに謹慎する気を起したのだが、するともう自分は、以前から絵の勉強をしたい気持があったと思うようになった。

その実、私は三十年このかた展覧会にも博物館にも、なるべく行かないように自分を制して来た。戦後、絵を観に行ったのは、博物館、日展、根津美術館、求龍堂、日動画廊、しま屋、ブリヂストンに、それぞれ一度だけ行ったにすぎなかった。

入院して二十四日目に退院した。あとは二週間あまり隔日に医者通いをして、抜糸がすむと医者の紹介で近所の画家のところへ弟子入りした。日曜日ごとにその画家のアトリエに出かけて行き、午後一時から五時半まで裸婦のデッサンをやるのである。

このアトリエには、数人の相弟子が同じくデッサンをやりに集まって来る。みんな私より年が若くて、職業別に言うと、会社員、役所の建築課の人、外科医者、楽器屋の若旦那、銀行の女事務員、簿記の専門家である。この人たちは六年も七年も前から絵をやって来たということで、展覧会に出品している人もあり、塑像に堪能な人もある。それに引きかえ、こちらは三十何年ぶりにデッサン通いをすることになったので、最初の日にはチョークの扱いかたにもまごついた。木炭紙を前にして先ずモデルを見ていると、そこに自分の一ばん描き難いものがいるような気持になって来る。クロッキーではないデッサンだと思うのに、モデルの腋の下や顎の下部などの陰影を写し取ると、他にはもう陰影の部分が見当らない。それで人体の輪郭を描きとって、そうだ、アングルの「浴女」は足の裏が見事に描けていた、あの筆法で行ってやろうと、モデルの足を描き、それから顔の部分に移って、目、眉、鼻、口など、正確に正確にと心がけながら写して行った。すると先輩弟子に当る楽器屋の若旦那が、私のそばを通りぬけて、急いでアトリエを出て行った。――後日、楽器屋の若旦那が、「あのとき僕は、あなたのデッサンを見て、可笑しくてたまらなくなったんです。でも、笑ったりしては失礼ですからね、茶の間へ逃げこんで一人で笑いこけました」と言った。それで私は「あれを見て、笑いこけないやつがどこにありますか」と答えておいた。

私の最初のデッサンは割合によく出来た。それは六ポーズ目の中ごろになって、絵の先生が、ここはこうしたらいい、ここはデッサンが狂っているなどと言いながら、大部分を修正してくれたためであった。だから先生は講評のとき「初めてにしては大変よく描けました。しかし、線に執着を持たない方がよろしいです。いきなり決定的な線が出るわけがない」と注意してくれた。先生の修正した部分は、私の描いた部分と違ってチョークの色が冴えていた。

その次の日曜日、二回目のときには先生が修正してくれなかったので、講評を待つまでもなく拙かった。見たところ、大正七年、八年ごろの中学生のデッサンのようであった。流行不易という言葉がある。感覚の点から言って、私のデッサンは私が絵を描くのを止した大正七年、八年ごろの古さを持っている。「クラシックを、写真か何かで模写してみた方がいいでしょうか」と訊ねると、「そうですね。でも、もすこし待ってごらんなさい」と言った。感覚の研磨が問題であるらしい。古さは甘さにも通ずるように思われる。甘さは時代がたつと、ちゃんと古さに摩り替っているようだ。

先々月は、先生引率のもとに、アトリエの常連たちと一緒に伊豆の下田方面へ写生旅行に出た。但、常連のうち、医者と女事務員は同行しなかった。この医者は外科だから、遠出をすることが出来ないのである。アトリエにいるときでも、来診患者の知らせがあると自転車で帰って行く。去年の大みそかに、私の盲腸炎を診察してくれたのもこの医者である。「すぐ切開しなくてはいけません」と私に診断を言い渡した。しかし大みそかのことだから、私は寧ろ知らない医者のところで正月七草を過ごすことにして、よその病院へ運んで行ってもらった。廊下の長い病院である。病室に入ると、看護婦が寝台車を曳いて来て、「今、十二時五分前ですけれど」と言った。あと五分たつと正月元日だが、看護婦は五分だけサバを読んで私の診察券に第一号と書きこんだ。

手術は三十分で完了した。全身麻酔だから手術中のことは知らないが、麻酔をかけられるとき三つまで数えたことを覚えている。助手の医者が「入歯があったら、はずして下さい」と言ったので、上下の入歯をはずして観念の目をつぶった。すぐ麻酔の処置で、「ひとォつ、と言って下さい」と命じられた。それで「ひとォつ」と言ったつもりだが、入歯をはずしているので「ひとォち」という発音になった。同時に、除夜の鐘が「ごおん」と鳴った。近くの寺で撞く鐘である。いつか上林君が、この寺の鐘の音について小説を書いた。新出来の鐘だから大していい音ではない。「ふたァち」と言うと「ごおん」と鳴った。なさけない気がした。「みッち」と言うと、また「ごおん」と鳴った。私は「止してくれ」と言うつもりで手を振った。それを覚えているきりで、ちょうど泥酔して伸びてしまうときのようなことになってしまった。しかし酔って伸びるときと違って、頭もぐらぐらしないし切迫する苦しみも伴わない。一直線に眠りに入って行く思いで、その細い線が目に見えるような気持がした。

さて、伊豆の写生旅行だが、下田へ直行して宿に着くと、私を除く他の人たちは、描く場所を見つけて来ると言って出て行った。私は宿に残って、夕方みんなが帰るまで文庫本を読んでいた。翌日、みんなは魚市場のはずれから岸壁の船が見える場所に画架を立てた。ここは人通りが多いので、私は造船所の横手に出て石地蔵のあるところに画架を立てた。するとコールマン髭を生やした中年者がやって来て傍に立った。一見、当地の顔役といったような風采である。私はこの人が立ち退くのを待っていたが、相手は私が絵具箱をあけるのを待っていた。それが素振でわかった。相当ねばり強い男である。

私が向うの風景を見ながら煙草を吸っていると、この人は私の顔と向うの風景を頻りに見くらべていた。ところが私が一向に絵具箱をあけないので、口髭の人は言った。

「そうでしょうなあ、お宅さんなんかになると、場所の選定が大変でしょうね。」

私が煮えきらない返事をすると、

「やはり感じが出ないと、何でしょうね、それが大事なことなんですね。」

と一人で頷いていた。

年恰好で審査員級だと見たのだろう。私はこの人が冷やかしを言っているのではないと思ったが、そうなると尚さら絵具箱をあけかねた。「お宅さんなんか」と言われては、描きだす拙い絵を介在に双方とも赤面することになる。それで相手の雲行きを見ていても、一向に立ち去ろうとしないので私は言った。

「二十何年前、私は大島経由で下田に来ましたが、そのころと較べて、ずいぶん繁華になりましたね。」

口髭の男は、戦後この町がどのくらい発展したか数字をあげて説明した。新しく出来た会社組織のホテルや旅館についても、建築費、並びに収容できる客の数をあげた。交通については未来のことにも触れ、堤康次郎と五島慶太の二財閥が電車敷設問題で争っているが、「喧嘩両成敗で、当分は行きなやみですね」と言った。

この人は町会議員か何かだろう。そう思って、私は下田の町の今後における発展性を疑わないと言い、ここが潮どきだと見たので画架を閉じ「ではお大事に」と言いのこして、大通りから城址に登った。ここでは下田港内が一望で、天城山から蓮台寺を経て流れる川がこの港にそそいでいることがわかる。川は稲生沢川というそうだ。この城山は稲生沢川に対して謂わゆる日和山である。

私は城山から港内を見おろす風景を描いた。近景に椎の木を入れ、港内の小さな島を焦点にして、大事をとって構図したつもりであった。出来あがった絵は、宿に帰ってから先生に見せた。先生は何も言わなかった。

次の日は、下田から少し南寄りの、須崎というところの浜から沖の大岩礁を描いた。この浜には、ハマダイコン、ハマオモトの群落があった。砂浜に坐って弁当をたべていると、波打際から一間か二間ほど先の岩の上に、ハマチドリが四羽舞いおりて来た。脚が朱色で、首のところに黒い斑点があって可愛らしい。間近く見るために立って行くと、四羽の小鳥は急いで横向き一列に並んで見せた。つんと澄ましているような風情で、人を怖れる様子がない。

「女の子みたいに、すまし込んでるな。石を投げてやるか。」

相弟子の一人がそう言って笑った。

私たちがここの浜を引きあげるとき、ハマチドリは姿を見せないで大きな声で鳴いていた。島ツグミも一羽いた。

（昭和三十三年）

机上風景

——雑誌編集者の質問に答えて——

今、これを書いている原稿用紙は荻窪の文房具屋で買った市販ものである。三十年来、その文房具屋のものを使っている。このごろのものは、灰色の罫で欄外にＡＢＣ10×20のしるしがついている。二十字詰二十行、二頁に区切られているが、書き終っても折らないで綴るから無用の区切だと言えなくもない。この二十字詰二十行の原稿用紙の形式は、江戸時代の盲人学者、塙保己一の着想によって創始されたものだそうだ。二十字詰二十行。見た目に悪くない。しかし盲人がこんな形式をどこから持って来たか不思議である。群書類従の編纂にあたって、盲人だから枚数で字数を勘定するためにこの形式を案出したのだろうか。それが今だにすたれないのは、二十字詰二十行が日本人の好みに適っているためか。

私の机の上に載せている眼鏡は年と共に数が増えて行っている。一昨年あたりは二つ載っていたが、このごろは四つ載っている。私は外を出歩くときには幾らか度の強い近視鏡をかけ、将棋をさすときにはそれより少し低い度の眼鏡をかける。本を読むとき、原稿を書くときには、もすこし度の低い眼鏡をかけ、新聞を読むときとか細字を見るときなどにはまだ低い度のものをかける。または眼鏡をはずす。その眼鏡をまとめて机の上に置いている。近眼に老眼が混っているからその必要がある。戦争になる直前まではこんな視力ではなかったが、徴用でマレーに行く船のなかで文庫本を読もうとすると、字がぼやけて見えるので老眼が出たと気がついた。アメリカの潜水艦が出るかと怯えて神経を消耗させたためである。

今日の私の机の上は割合に片づいている。さきほど意識的に片づけたのである。眼鏡と原稿用紙とインキ壺のほかには次のような必要品と準必要品を置いている。

益子焼の灰皿。

これは数年前、サンデー毎日発刊三十周年に当り、記念品として毎日新聞社から贈られた。広く文筆家へ贈られた品だから、雑誌のグラビヤで文筆家の机にこれと同じ手の灰皿が載っているのを見ることがある。浜田庄司の窯で出来たものだそうだ。箱型の上部に丸い穴があいていて、鉄砂で書いた簡単な模様に風韻がある。この灰皿のほかに、私は絵瀬戸の火皿と備前焼の火皿を灰皿にしているが、今、その二つは畳の上と板の将棋盤の上に置いてある。絵瀬戸の火皿は、青柳瑞穂君が慶應の学生時代に道具屋で買ったもので、戦前、彼が光琳の描いた人物画を掘出した嬉しさのあまり、この灰皿を私にやろうと言ってくれたのである。鉄砂で模様がつけられている。以前、青柳君は得意な掘出しをすると、嬉しさのあまり何か座右にあるがらくたを私にくれる癖があった。彼が三州の田舎で古い能面を掘出して来たときは、出土品だという須恵の高坏《たかつき》をくれた。蓋の内側に緑色の自然釉がこってりと流れている。能面の次に、藤原の秋草趣味ゆたかな仏画を掘出したときは、長さ四寸くらいな出雲石の石斧をくれた。掘出しをした嬉しさのあまり、羽目をはずして贈与癖を出すのである。私はそれを貰って青柳君の御意の変らない間に帰って来る。今までに青柳君から貰った骨董は、火皿のほかはみんな押入れにしまっている。

備前焼の火皿は青柳君から貰ったのではない。これは私が小学生のころ、祖父が岡山へ行ったときの土産に買って来てくれた。見た目にきたならしいので私がうっちゃって置くと、祖父が古い枡を煙草盆にしてその火皿を入れて使っていた。古備前を真似た明治時代の模造だが、私は郷里に疎開中その火皿を入れた煙草盆を使い、東京へ転入するときこの火皿だけ持って来た。もともと岡山土産として私の貰った品物である。

机の上の硯箱。

最近まで私は舟橋君から贈られた大硯を使っていたが、伴君の友人の広瀬君が赤脂松材で硯箱をつくってくれたので、今はそれを机の上に置いている。箱の内側は手彫で刳ってある。外側は赤松の木肌をそのままに見せ、内側も塗ってないので墨でよごれ易い。すでによごれている。入れている硯は甲府の雨端硯製造元の主人から贈られた。あまり上等品ではないが、とその当人が言っていた。大硯の方は地袋戸棚の上に置いている。

机の上の文鎮。

これは山形県鼠ケ関の海岸で拾って来た。径二寸内外の碁石型の黒い石である。浪に洗われて肌がつるつるになっている。二十七八年前に酒田方面へ旅行して、鼠ケ関の水族館を見て海岸まで出る途中、帯の間にねじこんでいた懐中時計が無くなっているのに気がついた。汽車のなかで落すか取られたかしたらしい。時計が無いと何だかおさまりが悪いので、時計の代りにその恰好に似通った石を帯にねじこんで帰って来た。その石である。固い石だから釘を打っても疵がつきそうに見えないが、時計の身がわりだと思えば金槌の代用にはしたくない。戦争中、甲府の郊外へ疎開するときにも、この石の文鎮は手文庫のなかに入れて持って行った。甲州から広島県の郷里へ再疎開してからもずっと手元に置いていた。つるりとして少し歪で薄手だから、机の上にあるのを指先で急回転さしてやると、夜が更けているときなどには野暮な音を出す。何もかも拒否しているような感じの音である。耳に押し当てても、鮑《あわび》の殻と違って潮騒の音を出して聞かせるような風流に欠けている。ただ耳の底の鼓動を大きな音に拡大して聞かせるだけである。

以上、机の上のものは消耗品を除くほか、みんな拾いものか貰いものばかりである。貰いものだから保存使用しているというわけでもある。

ペンはペリカンという刻字のあるのを使っている。これは松永市の蒲鉾屋を生家とする大津さんという知人から贈られた。ペンは書きいいものに限るのは言うまでもない。弘法は筆を選ばずという言葉も、字義通りには受取りたくない。

（昭和三十四年）

猫

私のところでは猫を一ぴき飼っている。十二年前に迷いこんで来てそのままに居ついている。そのころ鼠が出て困ったので、うちの者が知りあいのところで子猫を一ぴき貰って来ると、偶然にも同じその日に野良猫が迷いこんで来た。

この迷い猫の方は三毛で身ごもっていた。貰って来た方は生後一ヶ月くらいの雄猫で、御目見得料として鰹節を三本つけられていた。私はどちらを飼うか迷ったが、要は鼠を防ぐためだから三毛を飼うことにして、子猫は鰹節と一緒に返しに行った。

三毛は私のうちに居ついて二週間目か三週間目に六ぴき子を産んだ。子猫の目があいて暫くすると、鉄道関係の人がほしいと言うので渡りに船と六ぴきともくれてやった。その人は、静岡へ持って行って、一ぴき二百円のキャッシュで売ったと後日に言っていた。鉄道の方に関係しながら闇屋に似たこともしていたらしい。静岡は戦争中に焼野原になって猫までいなくなったので、当時バラック街の人たちが鼠の害で困っていたそうだ。

子猫の始末がついて暫くすると、黒いチャボが迷いこんで来た。まだ戦後のどさくさがおさまらない当時のことだから、鶏まで落着きがなかったのだ。チャボは濡縁の下に入って、巣についたようにうずくまっていた。うちでは交番へ届けに行った。近所のうちへも問いあわせた。

「ひょっとしたら、西荻窪の斎藤さんのチャボかもしれないよ。」

私は家内に、斎藤さんのうちへ問合せの連絡をさせ、チャボをカナリヤの空籠に入れた。斎藤さんのうちでは戦争中から黒いチャボのつがいを飼っていた。雌の方は奥さんによくなついて、奥さんが買物に出かけようとすると、コッココッコと鳴いて後を慕うので、奥さんはそれを買物籠に入れて歩いていた。西荻窪から電車で荻窪へ買出しに来るときも、ついでに私のうちへ寄るときにも買物籠に黒いチャボを入れていた。よく馴れたチャボだから、人が林檎の黒い種を手の平にのせてやると、籠から首を伸ばして啄んだ。

奥さんの話では、空襲のとき奥さんたちが防空壕に逃げこむと、チャボも後をつけて逃げこんで来る。飛行機が来ると、敵機と味方機の区別なく、木の下にかくれて雄を呼びながら頭だけ隠している。今が卵を産みごろの年齢だと言っていた。

戦後になってからも、たまに奥さんは買物籠にチャボを入れて私のうちへ来ることがあった。別に用があるわけではない。私の家内と女学校時代の同級で、斎藤さんとの間に子宝がないから暇つぶしに来るのである。あるいは奥さんが荻窪のどこかの店に寄ったとき、買物籠から逃げ出したチャボかもしれぬ。そんな風にも考えた。

私はチャボを入れた籠を茶の間の濡縁の上に置いた。ここは私のうちで一ばん陽当りのいい場所である。餌にはハコベをやって林檎の食べ滓もやった。人間も食糧に事を欠くころのことだから、人間の食べられないものをやることにした。ところがチャボは御飯の食べ残しよりも林檎の黒い種を好いた。それよりも林檎の酸っぱい芯のところを好いた。

家内は斎藤さんのうちから帰って来て、がっかりしたように言った。

「斎藤さんのうちのチャボは、大きな盥のなかで卵を温めていました。雄の方が番兵になって、盥のわきに立っているのです。しょんぼりとしたような番兵でした。」

「そりゃ戦争中から飼ってるんだから、産室を守る番兵としては老兵だろう。もう五歳か六歳になる筈だ。人間にすれば僕くらいの年齢かね。」

動物事典を出して見たが、チャボの寿命については触れてなかった。

私は小鳥屋へチャボの餌を買いに行った。小鳥屋といっても、そのころは笊《ざる》や籠など店に並べて内々で粉米なんか売っていた。私は粉米を買って、小鳥屋の主人にチャボの寿命について聞いてみた。普通、チャボは十年ぐらいで老いぼれるが、うまく寿命を持たせると三十年ぐらい生きのびるそうである。

「十五歳にもなれば、まるで置物の羽抜鳥だ。鳥のうちで、寿命の長いのは隼だ。これは百年から百六十年。もっと長いのは鸚鵡だね。どこかのお屋敷には江戸時代からの鸚鵡が戦争前までいたそうだ。俺は話に聞いたことがある。」

本当かどうだか小鳥屋の親爺さんはそう言った。

この親爺はチャボの年齢の見分けかたを私に教えてくれた。鳥の脚は鱗で包まれたような外見になっている。それがつるりとしていれば年が若い。ささくれ立っていればいるほど年をとっているそうだ。

私のうちのチャボの脚は、ほんの少しささくれ立っていた。卵を産み盛りの年のような気がしたが、一ヶ月たっても二ヶ月たっても産まなかった。うちに三毛猫がいるためでもなさそうであった。うちの猫は初めのうちチャボを狙ったが、そのつど家内が叱っているうちに、よそのうちの猫が来ると追い払うようになっていた。昼間は籠のわきでうつらうつらしながら番をして、よその猫が来ると、勢いよく起きて飛びかかって行った。夜は籠を物置に入れるので、よその猫に脅やかされる心配はなかった。

やっと三ヶ月ぐらいたってから卵を一つ産んだ。小鳥屋の親爺さんが言っていたが、チャボや鶏は産みはじめると続いて卵を産むそうだ。明日もまた産むかもしれないと心待ちにしていると、その翌日、隣の町内の見知らぬ中年婦人が、バスケットを持ってチャボのことで掛合にやって来た。

「うちのチャボがお宅に来ているそうですから、頂きに参りました。うちで子供のように可愛がっていました。どうして逃げて来たか知りませんが、八百屋さんで聞いたので頂きに参りました。」

これがその中年婦人の口上である。私はこの口上が気に入らなかったが、こんなぶしつけな口がきけるのは実際の飼主であったせいだと思って返してやった。

婦人はチャボをバスケットに入れると、

「どうも失礼いたしました」と言うだけで帰って行った。

私はこの日を境に、三毛猫だけは本気で飼ってやろうという気持になっていた。

この三毛猫については、数年前にも私は文章に書いたことがある。私のうちに迷いこんで来て間もないころ、庭さきでこの猫が見事に蝮《まむし》を退治してくれたので、私は危く蝮に嚙まれるところを助かった。蝮は蛇屋から逃げて来たものだろう。そのころ私のうちの庭さきには、植木屋が刈込んだ木の枝が、柘榴の木の下に一ヶ月あまりも束ねたままになっていた。ある日、それを燃そうと思って柘榴の木の下に行くと、束ねてある木の枯葉を猫がばさりばさりと手で叩いていた。妙なふざけかたをするものだと思った。

「こら三毛、あっちへ行け。」

私はライターの火を枯葉につけようとした。すると、私が火をつけようとした場所に、一ぴきの蛇が鎌首を猫に叩かれながら這いつくばっていた。

私は田舎生れだから日本産の青大将と蝮の区別を知っている。色も斑紋も大島絣そっくりのやつが蝮である。こいつの前で軽はずみな挙動をすると飛びついて来る。それが鎌首を猫に叩かれている。私は伸ばした手をそっと引込めて、半ばしゃがんだままの姿勢で、そろそろと後にさがった。

猫は左手と右手で交互に蝮の頭を叩いていた。左利き右利きの差別はないようである。おどけたような手つきで左右交互に使って叩いて行って、蝮が鎌首を沈めきると、きょろきょろとあたりを見まわしている。この隙に、蝮が猫の手をねらって、さっと鎌首を伸ばす。猫は素早く手を避ける。それも必要以上には引込めない。蝮の口と殆どすれすれの程度に引込める。次に、また左右交互に使って叩いて行く。蝮が頭を地に着けると手を控え、蝮が襲って来ると手を引込める。蝮も猫も同じ仕方で襲撃と逆襲を繰返した。

　おそらく猫は蝮の体勢で、どこまで鎌首が伸びるか知っているのだろう。私は猫が勝つと思ったが、大事をとって防空演習用の鳶口で蝮の頭を抑えつけた。その瞬間、猫は蝮の首に飛びついて赤肌に剝いだ。目にも止まらぬ早技であった。

　蝮は頭の部分だけに皮を残し、あとはすっかり赤肌で、裏返しに剝けた皮は鞘型の筒になった。その鞘型の端から、わずかに尻尾の先を、細い舌と同じようにちらつかせた。猫はそれを嬉しがって、仰向けに引っくり返って後脚でからかった。蝮はもう恥も外聞もない。赤肌剝けの胴体を立てなおして猫の後脚を襲ったが、飛び起きた猫にまたもや叩かれて頭を土に附けた。猫は嬉しそうに引っくり返って、鞘型の筒先にちらつく尻尾を後脚でからかった。それを互に同じ遣りかたで何度も繰返した。

　最後に猫は蝮の首に嚙みついた。この一撃でもう動かなくさせた。私は体じゅう青くさくなったような気がしたので、風呂場に行って頭から水をかぶった。出て来て見ると、猫が蝮を啣《くわ》えてどこかへ棄てに行った後であった。

それからというもの私は、うちの猫に対して恩義に似た気持を覚えるようになった。抱いたり膝の上に乗せたりしたことは一度もないが、相手は動物の直感力によって私が一もく置いているのを知っているようである。廊下で日向ぼっこをしているときでも、私がその上を跨ぐようにして通るのに平然としていることがある。

十二年前に孕みの身で迷いこんだ猫だから、今年は数え年十三歳以上になるわけだ。猫としては大して年寄とも言えないが、五年前の春、お産のとき一ぴき産んで二ひき目が出かかって出なかった。医者が来てそれを引張っても、苦しがるだけで出ないから、帝王切開の手術を受けさせた。それからは体力も衰えた風で、盛りがついても孕まなくなった。魚屋が来ると裏口の声で台所へ駈けて行くが、魚の骨をもてあますほど歯の力が弱っている。手術を受けた後で、すぐ盛りがついたのが悪かったらしい。自制力がないのだから仕方がない。

医者は猫を病院に連れて行くとき、うちの家内にこう言ったそうである。

「あと二ひき、腹に残っているようです。もう年寄の猫ですから、切開しても卵巣は残しておきます。生命は大丈夫ですが、今後は雄猫と交渉があっても、すぐ流産するかたちになって孕まないでしょう。」

　私はその場にいなかったので知らないが、後で家内に聞いた話では、医者は猫を草取籠に入れて風呂敷に包んで病院に持って行き、二十四時間たつと同じ籠に入れて持って来てくれた。籠から出すと、まだ麻酔がきいて三毛はぐったりなっていた。胴体を包帯されていた。お医者は「炬燵に入れて温かくしてやって下さい」と言って帰って行った。

　一週間目に医者が包帯を取ってくれた。入院料、帝王切開の手術料、その後の一週間ぶんの往診料、注射代などで合計一万三千円であった。家内は自分の病気は富山の薬で間に合わすといったたちだから「うちでは文芸家協会の健康保険に入っているんですけれど」と言った。すると医者が、「それはよく存じておりますが、猫は扶養家族のうちに入らないんでして」と甚だ言いにくそうに言った。

　しかし家内は、猫がもうお産をしないからほっとしたと言った。うちの三毛は多産系で、ひところは一年に三回もお産したので子猫の始末に閉口した。それに私のうちは辻道のところにあって生垣が空いているから、よその人が闇にまぎれて猫の子を垣根のなかに棄てて行く。まだ目のあいてないのを棄てて行く人もある。どうして子猫を引取る商売の店がないのだろうと、そのつど思わせられることである。

手術を受けてから後は、うちの猫は医者の言った通り盛りはついても子を孕まなくなった。しかし病気がちで、食べたものを吐いたり鼻汁を出したりして医者の往診を受けることが多くなった。今年の春は鼻汁を流す病気で憔悴した挙句、三日間もどこかに隠れて姿を見せなかった。もう駄目なんだろうかと噂をしていたが、小さな地震があったので私が庭に出ると、どこからともなく三毛が出て来てしょんぼり敷石の上に座った。

先日、斎藤さんの奥さんが久しぶりに見えた。

「うちの猫もだんだん弱りました。年が年ですから。」

と家内が言うと、

「うちのチャボも、だんだん弱りました」と奥さんが言った。「もう十一歳のお婆さんですから、せんだっては、卵黄のない卵を産みました。白身ばっかりの卵です。」

そのチャボは以前のチャボではなくて、昭和二十三年生れの二代目のチャボである。先代のチャボは、七年前に斎藤さん夫妻の留守の間に亡くなった。斎藤さんが札幌へビル建築の仕事で出かけたので、奥さんも出かけて行って建築がすむまで三年間、札幌で一緒に暮していた。その留守に先代のチャボは亡くなったが、斎藤さんのお母さんは倅夫婦が力を落すと思って知らせなかった。二代目のチャボもその三年間、一個も卵を産まなかった。元気も悪くなって鶏冠の色もあせてしまった。しかし斎藤さん夫婦が西荻窪に帰って来ると翌日から産みだした。留守中、お母さんがチャボを庭へ出してやらなかったせいもある。

この二代目のチャボは、先代のチャボが大盥のなかで抱いていた卵から生れたチャボである。早いもので、それがもう十一歳になっている。先代と同じく、飛行機の爆音が聞えると木の下に頭を突っこんで、コッココッコという鳴き声で同僚のプリマスロックにも待避させようとする。ところがプリマスロックは気の長い鶏だから、のっそり立っているだけで隠れない。チャボだけ一心不乱に頭を隠している。奥さんが買物に出かけようとすると、後を慕ってコッココッコと鳴いて呼びとめようとする。することなすことすべてが先代と同じやりかたである。奥さんの可愛がりかたも同じだが、今では買物籠に入れて持ち歩くのは止しているそうだ。

私は奥さんが帰ってから家内に言った。

「あれでは却って、光陰矢のごとしを感じるだろうじゃないか。先代のチャボと二代目が、羽根の色も形も習性も同じだから、じっと見ていると却って自分が年とったと思うだろうじゃないか。錯覚でなくって、実感というやつだ。確かに実感ではその思いだろう。」

　すると家内が言った。

「それよりも、うちの三毛を見ている方が、まだ光陰矢の如しです。毎日の私の実感です。うちの猫を見ていると、どんどん他が変って行くのがわかります。あのときにはこの猫がいた。あのときのあれは、今ではあんなに変っている。猫だけが昔と同じ状態で、他ばかり変って行くのがわかります。子供の身のたけだってずいぶん伸びました。私には貴方の仰有ることがわかりません。」

　わからないと言うならそれでもいい。例えば私は二十年前にどこそこの川のどこかの淵で、六寸の鮠を釣ったとする。今年また同じ淵で同じ寸法の鮠を釣ったとする。過ぎゆく早さを感ずること頻りなものがある。話はそれだけに終った。

　後から夕刊を取りに茶の間へ行くと、三毛が火鉢のふちにあがって置物のようにじっとうずくまっていた。毛並が三毛というだけで見るかげもなく瘠せている。野良猫のようになっている。これを見て、猫だけが同じ状態だというのは解せない。

「共に老けましたと言うべきだ。」

　猫は私が火鉢に凭れても身動きしなかった。夕刊を頭の上にかぶせても動こうとしなかった。

私はこの猫を抱いたり膝に乗せたりしたことは一度もない。しかし今だにこの老いぼれ猫に一もく置いている。

（昭和三十四年）

御高評

未知の人から手紙を貰って、それが冷やかし半分の手紙だとわかっても気にならないことがある。また、大いに気になることがある。最近、私は未知の人から手紙を貰ったが、これは高評を受けた部類に入る手紙だと思っている。

「謹んで啓上いたします。余談は省かせて頂きます。昨年、貴方様は或る雑誌に釣の話を書いておられました。私は貴方様の川釣に於ける腕前を相当なものであると推察しておりますが、稀代に大漁であったとか、でかいのを釣りあげたという話を、貴方様はついぞなされません。作品の構成上の御都合であるか、名人の謙虚であるか、本当は下手くそなのであるか、さっぱり見当がつきません。」

そういう書出しで、半ば冗談のような冷やかしの調子を含んでいた。しかし愉快に読めた。

「先日も貴方様は或る雑誌の釣座談会の席上で、『油ハヤでもいいから釣りたい』と申されておりました。もしかすると貴方様は宿屋で朝飯をゆっくりすませ、ゆっくり川へ出かけ、そこいらを二三時間も釣って帰る隠居釣をなされているのではあるまいかと邪推をしたくなります。貴方様のお話を活字の上で聞いておりますと、明日にもヤマメが絶滅しそうな不安に襲われますが、なるほど私は昨年、日川へ三回入りまして六尾でした。一回は完全な空振りに終りました。しかし、それは台風の後の渓がどんなものであるかを知らなかったためでした。私の通った渓は台風のとき谷川の水が平常の水位より十メートルほども高くなっていた跡があり、太さ一尺ちかい杉の大木がササラのように折れ飛び、前に見覚えのあった八畳敷もある花崗岩がどこかへ消えていました。洪水が出たときには、小石が流されて大石は遡って行くとか申しますが、とにかく以前に見覚えのものは跡形もありませんでした。私は昨年、また秋山川筋へ四回入りましたが、台風の後に入った安寺沢で中型を十二尾あげた以外は、稚ヤマメを二三尾釣っただけでした。」

釣好きの人は自分の釣果を話したいために人に話しかけることがある。釣道具を持って汽車に乗っていると、「どちらへお出かけです」と話しかけて来る乗客がいる。そんなのは、これで話のきっかけをつけて自分の釣果を人に喋りたいためである。手紙で釣のことを持ちかけるのも、同じ心情によるものだと思いたい。

「貴方様は『釣師が凄もひっかけないような川でなければ駄目だ』と活字で申されておりましたが、それは確かにその通りだと思います。人口に膾炙《かいしゃ》した沢や、宿屋を控えた谷なぞは場荒れが目立ちます。昨年六月、私は五人で関東の二大悪沢といわれる小金沢へ一泊の釣を試みましたが、全員が空振りで、尾根道の松の木の下に湯気の立つ熊の糞があり、松の幹皮が鳶口で抉ったみたいに剝がされ、黒茶色の毛がこびりついているのを見て肝を消し、天狗も追いつけぬほどの速さで逃げ帰りました。最早、葛野川系の渓はヤマメが根絶やしにされたかと思ったことですが、今年は奈良子へ二回、本流へ三回入りまして、それぞれ型の良いのをあげました。私が甲府の釣道具屋さんに会った次に行ったときには、釣果が大小四十九尾で、川へ戻した今年ッ稚を数えると百尾ちかくに及びます。しかしヤマメは、せいぜい二十尾くらい釣るのがよく、四十だの五十だのというのは、たいてい稚ヤマメが混ってハゼ釣と何等変るものではありません。そういう意味では馬鹿釣をするよりも、釣れない方がヤマメ釣の夢を毀さずに幸せと申すべきではありませんか。」

釣ったヤマメの稚魚を川へ戻して、なお四十九尾の釣をしたと言っている。相当な釣師に違いないが、これはどうしても人に話したかったことだろう。

「私は是非一度、貴方様を手近な渓へ御案内して、ヤマメの繁殖力が釣竿なぞには負けていない事実を確認して頂きたいと考えています。ただ貴方様のギックリ腰と、貴方様の足の裏の皮が貴方様の体重を支える厚みを保持しておられるか、甚だ危惧の念を抱くのであります。佐野川へは藤野駅から十五分、上流の釣場まで約一時間、葛野川本流はバスで自由に釣場を選べます。いずれの沢も地下足袋で水に入る覚悟が必要です。私は股までの深長をズボンの下にはき、ズボンの裾を向脛まで折返して恰好をつけております。先日、知人の土建屋にカーキ色のニッカボッカを貰いましたので、無闇とはいてみたくてたまりません。深長は貴方様へお貸しする心算でおります。」

なお、手紙の終に次のように書いてあった。

「末尾ながら私は明治四十五年生れの貸本屋でございます。貴方様の著作品も貸本用として書棚に置くようにしておりますが、借手はなくて私が読むだけで、いつも損をしてしまいます。ときたま映画化された貴方様の著書を持って行く客がありますが、『どうでした』と聞くと、『やあ、どうもね』と言うだけです。貴方様の文章の善悪は別として、やはり『一刷の雲が』とか『孤影はよろよろっとよろめいた』というような文章でないと、私の商売は繁盛しないのであります。」

この手紙を私は馬瀬川へ出かける日に受取って、馬瀬川から帰って来て返事を書いた。せっかく御案内を受けたが行けないと書き、馬瀬川へ釣に行って散々な成績であったと書いた。釣竿を人から借りて釣っているうちに穂先を折って、助手をつけてもらって釣ってもろくに釣れなかったと書いた。馬瀬川はちょうど解禁日のことで各所から三百人の釣師が集まって来たが、私の成績は二百九十九番目または三百番目であったようだと書いた。

折返し再度の手紙が来た。

「再び謹んで啓上仕ります。（中略）三島由紀夫氏が映画に出ると宣言されたとき、いやな投書がだいぶあったそうですが、とかく投書には捨台詞的な要素が多分に含まれていると思います。この間の私の手紙もそれに似たようなものであります。飛騨の馬瀬川に於ける貴方様の友釣は、語るも涙、聞くも涙の物語と申上げたいところであります。」

しかし釣の話になると、自分のことを一つ二つ披露したくなるのが人情である。

「バスで道志川へ行きました。茶店の婆さんに入漁券を売ってくれと言いますと、私の風体をじろじろ見て、『いいよ』と答えました。『どうしたんだ』と聞くと、『どうせ釣れやしなけ』と言うのです。ところが、中瀬のちっぽけな水かぶりの根っ子で、のんびり流していたら、いきなり竿を引きずりこまれました。」

誰しも話したいところである。

「その途端、でかいハヤだと思いました。物凄い力でガンガン逃げ出しそうになるのを竿を送って堪え、四五分もすれば腹をかえすだろうと静かに竿を撓め、頃合をはかり、強引に抜きあげますと、ハヤではないと見極めたと同時に、全身がカーッとなり、川原へ二三尺持って来たところでハリスが切れました。間髪を入れず竿を放り出し、魚へ飛びかかり、両の手で砂利の中へおさえつけました。大きすぎて魚籃の穴からは入らず、蓋をあけて入れますと尻尾が曲りました。気を落着けなくてはいけないと思いましたが、煙草の火がつきませんでした。手が震え、歯の根が合わなかったのです。道志川のヤマメはヘラ鮒のように幅が厚く、あるか無しのパールマークでピンク色に下腹が染まり、見事な朱点がアマゴではないかと思わせます。茶店の婆さんは、虹鱒を放流してからヤマメが変てこになったと言います。私が終バスに乗るとき、婆さんは『今は水がぬくといで、秋口に冷こくなったらまた来うし』と言いました。帰ってからそのヤマメの腹をさいてみましたら、三寸五分もあるハヤを丸呑みにしていました。餌はマグロの刺身を使いました。貴方様はヤマメの大物を釣ると、胸がドッキンドッキン鳴ると活字で申されておりますが、そのくらいで済ませる貴方様の川釣に於ける腕前は相当なものであると私は推察するのであります。」

謹んで啓上仕る云々という説明を、実地にやってみせているようなものである。私の釣技に対する御高評だと思わなくてはならぬ。

（昭和三十五年）

におい

きなくさいにおい、磯くさいにおい、髪の毛のこげるようなにおい、ニンニクくさいにおい、サンマを焼くにおい、その他いろいろとにおいの名称がありますが、赤とか青とか紫色とか言うように、においには抽象された名称がないのは何故でしょう。いろんな理由のうち、その一つは、においというものが非常に個性的だからではないでしょうか。においは他のにおいと混合しやすいからではないでしょうか。母乳を飲んでいる赤んぼは母乳と同種のにおいですが、それよりまだにおいが強烈だ。しかるに赤ん坊のことは、母乳くさいとは言わないで赤んぼくさいと言っている。母乳のにおいに、何か他のにおいが混合しているためではないでしょうか。

いろんなにおいのうちで、私のとりわけ愛着を覚えるのは、子供のときによくきいた御飯を焚くにおい、味噌汁の煮えるにおい、それから竈の煙のにおいです。私は田舎の生れです。だから堆肥米を焚くにおいになつかしさを覚えます。ところが現在の私のうちでは、御飯を焚くとき台所をのぞいても、瓦斯くさいにおいか、ラッキョウくさいにおいを嗅がされるにすぎません。味噌汁を煮る場合にも、鰹節を削る音がいたずらに高く響いて来るだけで、ときには煮干で出しを取っているにおいがして来るにすぎないのです。

味噌汁をこさえるには、私の田舎では夏の土用と冬の土用を三度以上くぐった味噌と、若い一年味噌とを半々に混ぜ、味噌漉という小さな細長い笊で漉しながら鍋に入れたものでした。夕方、往還に出て近所の子供と遊んでいても、自分のうちの御飯の焚けているにおいがわかりました。次に、味噌汁の煮あがるにおいが往還までにおって来る。すると、おなかがぐっとすいて来る。それを合図に家に帰ると、おばあさんがみんなの箱膳を並べている。焚きあがった御飯と味噌汁のにおいが、ぷんぷん台所じゅうに漂っている。ことに新米のとれる晩秋の日の夕方は、御飯のにおいが一段と引きたっていたように覚えます。

竈の煙のにおいも悪くないものでした。もう私はこのにおいを嗅ぐことには諦めを持って来ましたが、ひところ谷川の釣に凝っていた当時は、山の宿でよくこのにおいに堪能する機会がありました。釣った魚を囲炉裏で焼いているときなど、焚火の煙が痛いほど目にしみなくては満足とは言えない気持でした。

以上の三つのにおいは、どうしても忘れかねるにおいです。自分の五体はこの三つのにおいと、生れ在所の水とで出来ているのではないかとさえ思います。今までに私がこの三つのものと井戸水を格別なつかしく思ったのは、戦争中に徴用されてマレーに行っているときのことでした。自分は虫けら同然ではないかと思っていた期間の話です。私はシンガポールで新聞社勤務を命じられていましたが、その当座この三つのにおいと井戸水に餓えておりました。炊事兵の料理した味噌汁には、くさくて固い水牛の肉と、パインアップルの缶詰工場にあった砂糖を入れてあるのが常でした。御飯は革細工のにおいを持っている。私の生れ在所のにおいは何ひとつない。

「帰りたいなあ日本へ。ねえミスタ・ナカジマ、ねえミスタ・ジンボ。」

私は同じことを何度も戦友の神保光太郎と中島健蔵に言ったことでした。日本に帰ったら、イナゴの飛ぶ秋の田圃道を歩こうと神保さんと話しあったことでした。マレーでは仏桑花や火炎木など、一年じゅう派手な花を咲かせていても、花には何のにおいもない。茉莉花でもマレーの茉莉は全然におわない。タイ国のお寺で見た茉莉花もにおいがなかった。従軍記者が茉莉の花の香しい香と報道しているのは嘘なのです。ただ例外はチャパカの花ひとつでした。

チャパカには花の白いのと黄色いのと二種あって、白い花の方がにおいます。それも夜の十一時頃からにおいはじめて夜明けになるとにおいをひそめます。夜、市外の植物園の近くにある宿舎に帰って来る途中、ジャングル化した森のところを通っていると、この花のにおいに行き当ることがありました。もう十一時をすぎているのだとわかります。

チャパカの木は、幹が栗の木に幾らか似ています。葉も栗の木の葉にそっくりです。花は椀状鐘形に開いて三センチくらいの長さです。ゴーギャンの描いたタヒチの裸女は、砂の上にうずくまって耳朶に小さな花をはさんでいる。写実的な絵でないから確かなことは言えないが、あの花もチャパカではないかと思います。

私はシンガポールに十ヶ月滞在している間、花のにおいはチャパカのにおいを味わっただけでした。ほかに目ぼしいにおいと言えば、宿舎で隣の部屋の神保光太郎が焚いている白檀のにおいでした。神保君はドイツ文学者ですが、一方、高村光太郎氏を尊敬していた詩人です。部屋の小机の上に高村さんの写真を飾りつけ、お母さんと奥さんが一緒に歩いている引伸しの写真を壁に掛けているのでした。神保君は事務所へ出勤のときには、高村さんの写真の前に置いた香炉で白檀を焚いて祈るのです。「どうか、いい詩が書けますように。どうか、日本へ帰ることができますように」と祈っていたのです。

　神保君は白檀をシンガポールの材木屋のような店で買ったそうでした。日本の薪のように太く割ったのを縄でからげてあったので、見たところ薪の束と同じような体裁です。値段も薪と同じくらいであったということです。焚くときには、ナイフで削った木屑に敬虔な態度でライターの火をつけて、高村さんの写真を礼拝するのです。何というゆかしいやつだろう。私はその思いに打たれることが再三再四でした。しかし如何に心ゆかしい行事に使う用材でも、白檀の束は外見が薪の束と同じです。私たちが徴用解除でシンガポールを引揚げるとき、憲兵が輸送船の甲板へ私物検査に来て、こんな薪ざっぽうを内地へ持ち帰るとは何ごとだと、その白檀の薪束を海に放りこんだということです。もっとも、南方では白檀は珍重すべき香木とは言えないでしょう。北小路功光氏の話によると、シドニーには白檀の電信柱が立っていて、十メートル先からでもにおいがわかるということでした。

　においに敏感な人は、鼻が低くて先の方が尖っているという説をなす人がいます。だから小説「蒲団」を書いた田山花袋も高くない鼻の先がとんがっていて、こんな鼻は嗅覚にこだわる傾向が強いと言うのです。「蒲団」の主人公は、女の座っていた蒲団を嗅いで興奮しています。不幸にして、私の鼻もどことなく田山さんに似ています。田山さんのは大がらで私のは小がらの違いです。かつて徴用出征中の私が、御飯の焚けるにおいや味噌汁のにおいなどにこだわったのも、鼻が低くて先だけとんがっているせいではないかと思います。

（昭和三十五年）

失念事

外出のとき、ついでに葉書をポストに入れるつもりで出かけることがある。ところが、ポストの前を通りすぎた後、おや入れ忘れたと気がついて、次のポストに入れるつもりで駅の方に歩いて行く。すると、またポストの前を通りすぎ、また忘れたなと気がつくが、もう駅の近くまで行っている。

まるで暗示をかけられているようなものである。では、帰りに入れてやろうと思って電車に乗ると、あとはすっかり忘れて、家に帰ってからやっと気がつくことがある。ポケットに入れた葉書はくしゃくしゃになって、別の葉書に書きなおさなければならないことになる。そんなことが何度かあった。

これは尻抜けまたは惚人《ぼけびと》という者によく見る傾向である。同じ惚人にも、欲ぼけ、色ぼけ、食いぼけなどいろいろあるが、こんなのは物ごとに熱中して無我、有頂天になって、我を忘れる境地のものだから悪くない。私のは物わすれ、ど忘れというやつで、幾らか先天的な臭味があると思う。子供のときの私は、たいてい学校へ出がけに石筆か石盤拭か何かが見つからなくて、わっと泣きだすことが珍しくなかった。一事が万事その調子で、どこへ行ってもへまばかりやって来た。将棋にしても、あとからいい手を思いつく。戦争中、シンガポールにいたときにも、人いちばい南方ぼけになっていた。徴用仲間もそう言っていた。酒もいけないと思っている。戦後は原稿に書くつもりのことを書き忘れるようになった。ノートを取らないせいもある。せんだっては締切間際の別冊文春に短篇を渡してから、末尾に書きたいと思っていた数行を書き忘れた。

私はその短篇で、岐阜城が陥落するときの合戦記を書いた。慶長五年八月二十三日、徳川家康方の酒井忠勝、福島正則、加藤嘉明、黒田長政、池田輝政などの三万四千の大軍が、石田三成方の岐阜城を包囲攻撃した。城兵は三成の差向けた援兵を加えて総計六千五百である。包囲軍は直押しに押して来て、たった一日で本丸の塀の外まで攻めよせた。そのとき、本丸には三十余人の兵と、三成派遣の援兵が幾らか残っていた。城外に出て戦った兵は殆どみんな討死するか手負になっていた。

本丸の揚格子門に殺到した敵兵は福島正則の麾下《きか》である。城将の織田秀信は落城と観念して腹を切ろうとした。それを老臣たちが押しとめて、福島正則に降伏を申し出る合図の笠を塀の上に出した。すると、秀信は矢立と懐紙を取出して、傍にいる士卒たちに与える感状を書きはじめた。

秀信という人は織田信長の嫡孫でありながら、遊芸を好んで武備に疎かった。華美を好んだ人である。この合戦にも装備を華やかにするために手間どって、急いで木曾川に向けて出陣すべき期日を十余日も後らせた。麾下の将兵たちはみな家康方に心を寄せていたが、秀信だけが三成に利をもって誘われていた。家来としては今さら感状を頂いても嬉しくない。

岐阜城は金華山という険しい山を本丸として、天主はその山頂に聳えていた。山麓には城将の邸宅と、その左右に並ぶ将士たちの屋敷があった。北側の山裾には長良川が流れている。

おそらく城兵たちは、秀信が感状を書きはじめたときには発砲を止していたに違いない。包囲の敵も諸将の軍議がまとまるのを待って、暫く鳴りをひそめていたと思われる。ただ長良川の向側で、城中に逃げこみそこねている兵を狙撃する筒音だけは聞えていたろうか。

やがてその筒音も止むと、城内にいて聞える物音は一つもなくなった筈である。季節は旧暦八月下旬、時刻は夕方ごろと思われる。だから銃声がすっかり止んで間もなく聞えるのは、ふと鳴きだしたカナカナ蟬の声か、手負の城兵を力づける朋輩の声ぐらいなものだろう。それが何を暗示しようがしまいがかまわない。私はそれを書こうと思っていたのに書き忘れた。

それからもう一つ、包囲軍の池田輝政の兵のため煙硝庫が焼け落ちたことと、その火事場の臭気について書こうと思っていた。それも書き忘れた。葉書と手紙を同時に入れ忘れて来たようなものだと思っている。

（昭和三十七年）

3

志賀直哉と尾道

せんだって私は尾道に行き、そこかしこ寺めぐりをしているうちに、かつて志賀直哉氏の仮寓されていた家を偶然に知る事ができた。その家は「暗夜行路」に書いてあるように、千光寺山の中腹にある棟割長屋のあばら屋にすぎないが、「清兵衛と瓢箪」や「児を盗む話」をはじめ志賀さんの幾多の名篇が、この家で構成されたのかと思えば棄てがたいものだと思われた。志賀直哉氏の作品は不朽であるに違いないにしても、記念すべきこの家は軒が傾き壁もくずれ落ち、今にも取払われそうな運命にある。日本文学史の参考品として、これはどうしても書きとめておかなくてはならないだろう。

先ず私は、この棟割長屋の家主と地主を訪ねた。地主というのは、この長屋の直ぐ近くにある宝土寺の住職である。私はこの寺の庫裏に通されて、古備前の湯こぼしを置いた部屋で住職が私にお茶を飲ましてくれた。私が棟割長屋のことを話すと、住職は娘さんを呼んで代弁させ、志賀さんの小説は知っているが、志賀さんがあそこに住んでおいでになったことは知らなかったと言った。実に初耳であったと言った。

家主は、尾道警察署前の炭屋の主人、小川甚三郎という人である。この炭店の主人はけげんそうな顔をして、あの長屋を保存しろと言ったって、あんなぼろ家を修繕しようにも修繕できるものではないと言った。私は炭屋さんに文学談をしたくなかったので、不本意ながら黙って引きさがって来た。

しかし宝土寺住職とその息子さんは親切な人であった。もしあの家を御覧になりたいなら案内しましょう、と息子さんが私をその長屋に連れて行って説明してくれた。現在のところ、この棟割長屋には右手の端の家に巡査の家族が住み、左の端の二階建につくりなおした家には土工が住んでいる。まんなかの家は、特に荒れはてているので数年このかた借手がないというのであった。もちろん私は借りるつもりもないので家賃などのこともきかなかったが、その家の廊下に立って前方を見渡すと「暗夜行路」の描写にそっくり合致する眺望であった。

直ぐ目の前に向島が見え、その島の岡の切れめに遠く百貫島の灯台が見える。船渠には修繕中の汽船がいて、誰か鉄槌で鉄板をたたいている音がカーンカーンときこえて来る。「暗夜行路」に書いてあるのと寸分ちがわない。ただ一つ志賀さんの寓居当時と違うのは、この家の直ぐ下に新しい家が建築され、したがって縁側で伸びあがらなくては百貫島が見えないことであった。

　家主の小川炭店の主人はたいへん痩せている人であった。いつごろからあの軒の傾いた貸家を差配しているのかと聞くと、十五年前に薪木売りの後藤という人から、この家を買いとったという。はじめその薪木売りは、田舎の家をほぐした古材木でこの長屋を建てたということで、二十年あまりも前の借家人であった志賀さんをこの炭屋が知っているはずがない。しかしこの炭屋さんは、棟割長屋の右の端の家に住んでいたお婆さんのことだけはぼんやり知っていた。「暗夜行路」に取扱われているお婆さんである。名前は田組アイ。数年前までこの長屋にいたが年が寄って、真白く小さくなって三原か糸崎の方に船で運ばれて行ったそうである。たいへん正直な気だてのいいお婆さんで、日ごろ村上のおばさんという婦人と仲がよかったと炭屋さんは言った。

　私は村上のおばさんという人を訪ねた。その住いは棟割長屋の前を左手に行ったところにある。見はらしのいい別荘風の家である。しかし、あいにく留守だったので、この家に永らく下宿していた角田さんという人を訪ねた。この人は私が訪ねた時、廊下に座って末松青萍博士訳の「谷間の白百合」を読んでいた。明治二十年代ごろの翻訳本である。角田さんは考証的なことが好きなのであろう。私が初対面の挨拶をすると、角田さんはそういう話相手をほしがっていたものか、嬉しそうにしてこの尾道で初代文楽の墓を見つけたと言った。つい最近、この裏のお寺の墓地で、碑文字のはっきり刻まれているその墓を見つけたという。たまたま散歩のついでに見つけたそうであった。

私は初代文楽の墓前に連れて行ってもらったが、それはそれとして角田さんの語る村上のおばさんに関する話に興味を持った。村上のおばさんは確かに田組アイ婆さん（小林という姓であったとも言う）と親しい仲であった。しかし村上のおばさんたちは、そのころ近所に仮寓していた志賀さんを注意人物だと思い込んでいたという。アイ婆さんだけは志賀さん志賀さんと言って志賀さんを尊敬していたが、近所の人たちの見る目には、どうも志賀さんという人の様子が怪しいのであった。朝は遅くまで寝ていて、夜になると何やら机の前でつらそうに考え込み、時によっては、たとい夜中でも不意に東京に行って来ると婆さんに言い残して街におりて行く。そして東京に出かけて行くと、きっとざくざく銭を持ち帰るらしい。どうも怪しいというので、村上のおばさんをはじめ近所の人たちは、アイ婆さんをのぞくほか誰も志賀さんをおそろしい人だと思っていた。ところが志賀さんが尾道を引きあげた後、よほど年月を経てアイ婆さんのところへ、志賀さんから新刊の「暗夜行路」を送って来た。婆さんの鼻の高さはなみたいていではなかったが、この婆さんはろくに字も読めないし、もう目がかすんでこまかいものは見ることはできなくなっていた。それで村上のおばさんが婆さんのために「暗夜行路」を少しずつ朗読してやることになった。近所の長屋のおかみさんたちも、それを志賀さんが書いたのかと集まって来て村上のおばさんの朗読を傾聴するようになった。

雨の降った日や仕事のひまなときには、長屋のおかみさん連はアイ婆さんの家に集まって、村上のおばさんに「暗夜行路」を読んでもらう習慣になった。みんな傾聴するのであった。なかんずくその文中、アイ婆さんが尾道弁で話すところや尾道風景の描いてあるところを朗読する段になると、おかみさんたちの所望によって村上のおばさんはくりかえしくりかえしそこを朗読した。するとアイ婆さんはおきまりのように涙にかきくれて、もうその部分だけは文章を暗記しているおかみさん連が声をそろえて諳誦する。おかみさん連の楽しさはまた格別であったろう。「暗夜行路」の愛読者は全国に何百万人あるかしれないが、こんなにうっとりとこの小説を読み込んだものは、尾道の宝土寺裏に住む長屋のおかみさん連ではなかったろうか。——角田さんはそう言っていた——

その後、アイ婆さんは老齢のため起居困難になった。長屋の連中が寝起きの面倒を見て、ときどき志賀さんから金を送りとどけられたので暮しむきも助かった。志賀さんは汽船で尾道港を通過する時など、運送船の水夫に婆さんへよろしく言ってくれとことづけをして、婆さんに金銭を届けたそうだと角田さんは言っていた。この話は角田さんに直接きく方が滋味がある。

私はそれから白金岩兵衛さんという老齢の按摩にも会った。単に物好きばかりのためではない。上述の説明でも暗示しているだろうが、小説がそのモデルにどんなに美しく反応し作用しているかという点に興味を持ったからである。「児を盗む話」にも「暗夜行路」にも、按摩の岩兵衛さんをモデルにしたと思われる人物が現われる。この按摩さんは目が見えないが、「暗夜行路」を知っていたばかりでなく、仏書を愛読していると言っていた。彼は点字の書物を取出して来て、「これなんか、仏書のうちでも、ややこしい本ですけえのう」と言った。何という名前の仏書ですかと聞くと「ブッガンですけえ」と言った。「暗夜行路」の点字の書物はまだ発行されていないだろう。岩兵衛さんは田組アイ婆さんからその小説の筋書や内容をきいて知っているのだそうである。もちろん志賀さんが尾道を引きあげてからずっと後のことである。志賀さんが按摩をとりに来たのはほんの一度か二度だけで、それも按摩がすむと直ぐ帰るし黙っている人だから、どんな人であったか岩兵衛さんは知らないと言った。「志賀さんも学者じゃけえ、よけいなことは言わんですけえなあ。言っても、学者の言うことは、わしにはわからんですけえ。それにわしも、よけいなことは言やあせん。学者が診察してもわからぬものは、わしなんかにわからぬ。按摩をしてもらいに来なさい来なさいと、わしは言わん。わしは嘘を言わん」と、医学と文学をいっしょに考えているようであった。

岩兵衛さんは毛糸のちゃんちゃんこを着て、その上に白い手術服を羽織っていた。今年六十九歳だそうである。子供は六人あったが四人なくなった。トシエという女の子は、志賀さんが尾道にいた当時、五つか六つであった。丸顔の可愛らしい子で、田組アイ婆さんもそう言っていたということだが、志賀さんも可愛らしい子だと言っていたそうである。可愛らしい子だから貰いたいと言ってもくれないだろう。それで文章でその子を盗んだことにして書いた、と志賀さんがアイ婆さんに言ったのを、アイ婆さんが岩兵衛さんに話したそうである。「児を盗む話」に出て来る可愛らしい女の子のことにちがいない。私が岩兵衛さんとさしむかいでお茶をのんでいると、二十五六に見える女が洗濯物を干しに物干台へあがって来た。目の見えない岩兵衛さんはその気配に気がついて、「あの子がトシエですけえ。今日は里帰りで、戻っとるところですけえ。」

と小声で言った。丸顔ではないが、ふっくらとした顔の非常な器量よしで、おとなしそうな感じの女性である。

岩兵衛さんはブツガンという点字の仏典を指さきで読みながら、

「こうして読んでいても、わしは直ぐ忘れますけえ。」

と笑いながら言った。しあわせな老人であるように見えた。

「暗夜行路」に出て来る婆さんの語る尾道言葉は、現在の尾道の人の話す言葉とはすこし違っている。純粋な古い尾道言葉だということである。岩兵衛さんの尾道言葉は、たぶん純粋な古い尾道弁ではないだろう。

（昭和十年）

八束・斐の川

八束・斐の川の言葉は古風だが平易である。初めてこの土地に来た人でも、全然わけがわからないということはないだろう。いま仮に、宍道湖畔の玉造で通りすがりのおやじさんに「隠岐の島へ渡るには、どう行ったらいいでしょう」とたずねるとする。そうすると、こんな工合に答えるものと仮想することが出来る。

「お前さん、松江はもう直ぐですけん。松江の大橋ッところに汽船がああますけん。そうに乗って行きなあと、中の海の大根島の横をとって行くですけん。中の海まで行きますと、めずのえろ（水の色）がもう青う青うなあますでね。ええ景色ですけん。そうに、どうぜ急ぎなあわけでもああめし、今夜は関泊りでもさっしゃあだわね。関には五本松もああますし、芸者さんでも揚げて、のんびいとお慰み（散歩）なさいますだわね。そいから明日ッさ、隠岐の島へ向けてたたっしゃあと、恰度よございすわね。カッコウで九時間ぐらいで着きますけん。あすこはもうここら辺よりも、ずうっと花がおくれますけん。いまごろ、ようよ杏の花でも咲くぐらいなことぜ。ま、お前さん、のんびいと行って来さっしゃいませ。」

カッコウというのは「各港」と書くのかもしれない。あるいは「割航」と書くのかもしれない。隠岐まで直航で行く航路に対し、知不利群島の三つ四つの漁村に寄港して行く航路である。知不利群島は大小数十の島から成る群島である。大きなのは数百尺の断崖をめぐらして海上にそそり立つ台地になっている。その台地の上の草原には牛や馬が放牧されている。島の小さいものは棒または煙突のごとく海中に細長く突っ立っている。断崖の洞窟には鵜の鳥、鷲などが生棲し、波は狂乱状態で断崖に打ちかかっている。

このカッコウで行く船も直航の船も松江の大橋から出る。大橋は大橋川といって宍道湖と中の海をつなぐ川に架っている。三月ごろになると外海からこの川に白魚がのぼって来て、四つ手網でそれを捕る小舟が川の中流に一列に並んでいる。大橋の西寄りには直接外海に通じる運河がある。島根半島を横断して外海の賀加のクケドウという浦に通じる運河である。クケドウは小泉八雲の文章にくりかえし紹介されているように、磯と並行に断崖の麓に洞窟が続いている。この付近の浦々七浦の娘さんたちは、岡つづきの島根半島を越えて松江の町へ若布の行商に出る。いわゆる石州若布がこれであるが、クケドウ付近で採取された若布が本場ものである。娘さんたちは脚絆《きゃはん》をはき、白い脛の出るように着物を短くきて、若布を入れた竹籠を背負って街を行商する。

「メノハや、メノハ。メノハや、メノハ……」

ワカメと言わないでメノハと言うのである。この行商の娘さんたちは体格がよくて色が白く、みんな不思議なことに目鼻だちが可愛らしい。

七浦の娘さんたちは、メノハ売りに行かないと一人前の娘と言われない。色が白くて可愛らしいだけでは、嫁に行っても魚の行商をすることが出来ないからである。行商をもって女の本格的な職業とされている。

おばさん　こんつわ　ご機嫌さん
あげこげさっしゃいますと
斤量の目がへりましゃ

これはメノハ売りのうたう唄である。商法にぬかりのなさすぎる七浦の娘さんたちの標語であると思って間違いない。

この地方には昔から大勢の神様がよく旅行においでになった。日本全国の神様が「まつりごと」を御相談なさるため、特にこの地方で集会されることになっていた。いまでも毎年十一月二十四日を中心に、全国の神様が運河のほとりにある佐陀神社へお出かけになる。つまり十一月は各地の神様が出雲へ御旅行中のため神無月という。

佐陀神社は古風な建築のお宮である。平日は参る人もなくて淋しいが、十一月の祭日になると近隣近国の人たちが続々とお詣に来る。境内には藁葺きの屋台店が建ちならび、蕎麦、栄螺、飴、風船、砂糖黍、玩具などを商いする。まるで繁華な一部落が出現した感じである。お宮の神前には、例年によって龍蛇様を三宝に載せて供えてある。龍蛇様は浜に打ち上げられた海蛇である。七浦では毎年十一月になると、たくさんの海蛇が浜に打ち上げられる。毎年、最初に見つけられた一ぴきが、その年の龍蛇様に祀られることになっている。三宝の上の龍蛇様は生乾きになってとぐろを巻き、お詣の群衆はそれに向って礼拝する。

宍道湖の水の色は薄白く見える。中の海の水は青く澄んでいる。夜見ケ浜の突端から中の海を出て、関の灯台から外海に出ると海は真青である。灯台の付近には小高い丘の上に、一本きられて四本になった関の五本松がある。これは小舟の目標として大事な松の木であるが、むかし庄屋が普請をするために一本きった。関の神様も夜見ケ浜から逃げ帰って以来のお腹立ちであった。この五本松のある丘つづきは起伏の多い丘陵となって、西の方にあたって高い山が二つ見える。一つは澄水山といい、一つは枕木山という。澄水山に登ると遠く日本海の海上に隠岐の島が見える。枕木山に登ると中の海が眼下に池のように見え、そのまんなかに大根島が緑色に見える。たいへん美しい島であるが、小泉八雲はこの島を紹介していない。

大根島の人は漬物大根と牡丹を栽培する。牡丹畑が一面につづいて、花どきになると波のたたない水面にその畑が逆さに映り、船頭でさえもこれを見て発句をつくったということである。

この島の人は以前は荒稼ぎの旅の興行に出て、島に帰ると近所の人や老人に気前よく金を与えて喜ばせる風習があった。泥棒の名人もたくさん輩出したということである。なかでも門脇嘉一は泥棒の天才であった。警官が捉えに行くと、嘉一は物語にある猿飛佐助のように消えてなくなった。風のように警官の股倉をくぐりぬけ、また忽然として壁の向側にぬけ出した。この者は大阪・神戸にかけての銀行破りの名人で、捕手の諸人数を尻目に盗んだ大金を島に持ち帰り、島のものにみんな分け与えて娘や老人を歓楽させていた。島のものも嘉一の行方を警察に教えない。しかしそれは以前の話で現在の島民は善良である。牡丹をつくり片手間にはソリコブネという丸木舟に乗って赤貝をとる。赤貝は御飯に入れて炊き、赤貝飯というのをつくる。醬油をすこし入れて炊き、御飯の色に赤味を帯びさせる。味は素朴である。

この地方ではアマサギ茶漬というものも食べる。三月ごろになるとワカサギに似ている公魚という小魚がとれる。この魚をちょっと火であぶって熱い御飯の上に載せ、醬油をかけてお茶をかける。この地方の人は若布を海苔の代りにするが、若布は火であぶって、熱い御飯の上にそれを揉んで振りかける。若布は決しておみおつけに入れないのである。

淡白で素朴な人情が八束・斐の川の特徴である。ここの風景は、太古から人間が住みつくし住み古したかのように物憂く沈んだ感じを出している。

（昭和十三年）

湯河原沖

八王子の瀧井（孝作）さんが、「釣に行かないかね。福田君の船に乗せてもらうんだがね」と言った。船で行くからには、私のお得意でない海釣である。「何を釣るんですか」とたずねると「カマスだよ。調子がいい日には、福田君は三十貫ぐらいも釣るそうだ。もしよかったら、君も連れてってあげるよ」と言った。

福田君というのは、湯河原の福田蘭童氏のことである。この人は尺八で天才的な才能のある人だと聞いていたが、瀧井さんの話では、海釣も川釣も天才的である。猟銃の方でも大した腕前で、天城山へ猪を撃ちに行くそうである。おそらく、手先の勘が鋭い人にちがいない。尺八を吹くときでも、指の先の微妙な扱いかたで音響に意のままの加減を加えることが出来るのだろう。人づてに聞くと、蘭童氏は若いときから尺八を猛烈に練習した結果、右の腕が左の腕より二寸も長い。したがって、洋服も右の袖が二寸ほど長く仕立ててある。その洋服を盗んだ泥棒が、それを着て汽車で逃げだして行く途中、右袖が長いので露見して捕まったこともある。よほど尺八を練習したものに違いない。自然、指先の感覚にも訓練が行きわたっているわけだろう。ある人の話では、福田蘭童は指先で紙に触ってみて、その紙の色彩を言いあてることが出来る。机の上に置いたマッチ箱を指でおさえ、下側のレッテルの色を言いあてるそうである。生れながらの盲人で非常に勘のいい人は、指先に色彩感覚が生じている。それ以上の勘である。

私は川釣なら釣天狗だが、海釣に殆ど経験がない。一緒に行っても邪魔になる存在にすぎないのである。しかし瀧井さんの好意だから、初対面の蘭童氏のところに連れて行ってもらった。

湯河原の海岸には、埋立地の岸壁が一文字に続いていて船着場が皆無である。真鶴寄りの突き出した崖のわきに、漁船が少しばかり置いてある。かなりの勾配の石だたみが海の水に洗われている場所である。蘭童氏の持船も、その石だたみの坂に引きあげられていた。それをコロに乗せて海におろすのである。ちょっと手の焼ける作業だが、寄波の来ない場所だから、潮をかぶらないで海に浮かべることが出来た。四人乗りぐらいが適当な小型の船であった。

蘭童氏は上手に艪を漕いで沖に出た。はじめカマスを釣るつもりでいたところ、行きずりの漁船の船頭に聞くと、今日はカマスは駄目だというのでアジ釣に転向した。アジやウルメイワシを釣る漁船が八艘も七艘も船筏を組んで碇をおろしていた。そこに漕ぎ寄せて行くと、船頭たちは蘭童氏に「やあ先生、今日は、さっぱり駄目です。」「やあ、いらっしゃい」と挨拶した。「寄せ餌をくれないかね」と蘭童氏が言うと、一人の船頭が挽肉の器械でアジをすりつぶし、舷から舷にそれを手渡して私たちにくれた。この挽肉を海に撒いて魚の群が散るのを防ぐのである。私は関東の海のアジ釣には経験がなかったので、蘭童氏の釣る手つきを真似て釣った。

お昼から少し沖に出て、四十尋ぐらいのところで擬餌鉤の釣をした。フグの皮を矢羽根の形に切って、紅色の絹糸で結んだ擬餌鉤である。これは蘭童氏が船のなかで即席に製作した。釣りかたは、鉛が海底にとどくと同時に、ラジオ体操のような手つきで調子をつけて手繰りあげる。ここの海は潮の流れが早いので、形も大きさもアイスキャンディのような鉛をつけ、その鉛に天秤釣の真鍮の枝を上下につけてある。鉛から下のハリスは六尺もある。おそらく海の底で、疑餌鉤のフグの皮は紫色に見えながら小魚のようにおどることだろう。私の手繰る糸に、途端に手応えがあった。深さ四十尋である。急いで二尋か三尋か手繰ったとき、蘭童氏が「どれどれ、私が代りましょう」と言った。糸枠を渡すと、蘭童氏は二尋か三尋か手繰り、「これは、ハマアジですね」と言った。なるほど、引きあげた一尺あまりの魚は緑色のハマアジであった。

次に、また私の糸に手応えがあると、蘭童氏が「どれどれ……」と言って私の糸枠を持ってくれた。「今度は、ホウボウですね」と蘭童氏が言った。引きあげて見ると一尺ちかくのホウボウであった。

ホウボウは美しい瑠璃色の鰭をしていたが、全体から言ってグロテスクに見えた。船の生簀に入れて暫くすると、グウグウ……という声で鳴きだした。ちょっと食用蛙の声のようである。瀧井さんが「変な声だね。しかし、俳句になるね」と言った。時雨でも降れば俳味があると思った。

蘭童氏の説によると、この俳句になるホウボウの声は、外敵を威かすためと友を呼ぶための二種類ある。グウグウ……という声は薄気味わるく水のなかから聞えていた。私は自分の釣った魚が変な声を出すので間の悪い思いをしたが、やはり蘭童氏の釣ったホウボウも同じ鳴声を出した。

今度はアジロを変えてフグ釣をした。三人協力の釣である。三十尋ばかりの細い針金の道糸で疑餌鉤を使い、蘭童氏が海の底からフグの群を舷のすぐそばに誘《おび》き寄せる。フグは鉛の色が好きだから、鉤だけでなく鉛まで追いかけて来る。しかし大急ぎで糸を手繰らなくては鉤にかかるので、何十尾もの群が散ってしまうおそれがある。私と瀧井さんは、イカの切身をつけた細い針金の道糸をもって、フグの群が水面ちかくに誘き寄せられるのを待っていて釣った。入れ喰いである。映画で見るカツオ釣のように、入れては釣りあげ入れては釣りあげる。群が散ると、蘭童氏がまた海の底から誘き出して来る。このフグ釣は大漁であった。小田原フグといって背が緑色で一尺ぐらいの大きさである。

その夜、私は瀧井さんと一緒に蘭童氏宅に泊った。夕食のとき、蘭童氏の釣友の公一さんという人が、「本日の釣果だ」と言って三歳の黒鯛を持って来た。但、たった一尾であった。その釣果の現物も、蘭童氏夫人が料理して出してくれた。

私たちは大漁づかれをしていたが、主客の釣談義は十二時すぎまで続いた。公一さんも釣談義の仲間になった。海釣の話から川釣の話になると、蘭童氏は鮎の餌釣で一日二百尾ぐらい釣る方法があると言った。その釣鉤も取出して来て見せた。小田原の鍛冶屋に作らせたということで、普通の鮎の餌釣の鉤と同じような狐型のものである。「これで見ると、餌だけの問題でしょう。餌は何です」と公一さんが言うと、蘭童氏が「僕は、自分で研究して発見したんですよ」と言った。「だから、どんな餌です」と公一さんが言うと「大して珍しいものではない」と言うだけであった。とても教えてくれる見込はなさそうであった。普通、私たちが鮎の餌釣をする場合には、生アジの身かシラスを使っている。生アジのときにはコマセは魚の臓物かあるいは生アジの身で、シラスのときにはシラスを噛んで吐くのが普通である。しかし蘭童氏は、そんな在来のものではないと言った。

私も頻りにその餌を知りたいと思って訊ねたが、蘭童氏は「赤い色のものです」と言ったきりであった。「では二十の扉」と言って、公一さんが「それは動物ですか、植物ですか」と言った。「動物です」という返辞である。「それは、海にいますか、川にいますか」と私が聞くと「川にいます。渓流にいます」という。「カニですか」と聞くと、「違います。肉の赤い生物です」と答えた。

渓流にいる肉の赤い生物とは、何だろうと瀧井さんも頭をかしげていた。そこへ奥さんがお茶を運んで来て、蘭童氏が席をはずした。公一さんが、「奥さん、実は明日、みんなで鮎の餌釣に行きます」と、さりげなく言った。奥さんは「さようで御座いますか」と言った。「それで奥さん、餌の仕度をしておいて頂きたいんですがね。あの餌は、何でしたっけ」と公一さんが言った。奥さんがくすりと笑う前に私たちが笑ってしまった。結局、餌は何であるか教えてもらえなかった。
その翌日、瀧井さんはまた湯河原沖に出漁して、私は一人で東京に帰って来た。あとで聞くと、翌々日、蘭童氏はカマスを四十貫ちかく釣ったそうである。

（昭和二十七年）

グダリ沼

青森市から出発し、大野部落を右手に見て雲谷峠に向った。六月六日であった。

雲谷峠のことを、土地の人はモヤノトンケと言っている。トンケは峠である。一面に雑草と灌木に覆われた片岡で、背伸びをして競うような樹木は一つも見当らない。その眺望は「雄大だ、雄大だ」と幾ら大声で叫んでも、そこを見たことのある人は決して不自然だとは言わないだろう。陸奥湾が一望のもとに見え、それを抱えるように陸地が遥か眼のきかない遠くまで両脇につづいている。下北半島と津軽半島である。カッコウ、ウグイスの声が、絶えずきこえていた。

このモヤノトンケという岡を登って、車が若葉のトンネルを通りぬけて行くと、突然、ひろびろとした高原に出た。ところどころに、どっしりとしたブナノキが立っているだけで、野草の吾妻桜の花が一面に咲きそろっていた。萱野高原というそうである。この広濶たる原に、一軒の田舎屋づくりの茶店がある。入口に「かやの茶や」と書いた板ぎれをぶら下げてあった。土間のなかは、がらんとして誰もいなかった。ストーヴにかけた薬罐の湯が、ぐらぐらと煮たっていた。湯呑はお盆に伏せて台の上に置いてあった。鴨居の貼紙に、こんなように書いてあった。

「皆様お疲れ様で御座いましょう。どうぞ御自由にお茶をお上がり下さい。お茶代はお心次第です。」

それで、勝手にお茶をついで飲んでいると、どしんと薪を地面におろす音がして、七十前後と見える老人が土間にはいって来た。重い薪をかついで帰ったので息をきらしていた。私にはこの老人の言う言葉が、半分以上もそれ以上もわからなかった。

「お邪魔しております。あの貼紙を見て、勝手にお茶を飲んでいました。下界で飲むお茶とちがって、大変おいしいですね。」

私がそういう挨拶をすると、老人はわが意を得たというように、

「うんだアだ。」

と答えた。

老人は付近の山の名前だけはよく知っていたが、私のたずねる昔の道路の在り場所については答えることが出来なかった。昔は川づたい沢づたいに歩いたものだろうと言う

だけであった。もしそうだとすると、大野村から鹿湯《すかゆ》に行く道は、八甲田の大岳に水源を持つ荒川という川づたいに通じていたものだろう。魚を釣りながら旅をつづける人には誂え向きである。

萱原高原から鹿湯に行くバス道路は、若葉のトンネル道であった。ときどきコブシのような花が目についた。コブシにちがいないと思ったが、それとちがった灌木である。

「タムシブという花です」と運転手が言った。「この辺のものは、田打ち桜と言います。田植が近づくと咲きますから。」

それから暫くして、渓流に架った橋を車が渡ると運転手が言った。

「さっき私、この辺のものは田打ち桜と言いますと言いましたでしょう。この辺のものといったのは、山麓あたりの木樵《きこり》のことです。」

念の入った訂正である。私は地図を出して見た。車の走っているあたりから山麓の村まで、約二十キロの距離である。その区間に見かけた人家は、萱野高原のはずれで立ち寄った、かやの茶屋一軒だけである。私は「津軽の山は広いぞ」と思った。

車の窓をあけると寒かったので、すぐしめた。

「寒いなあ。巒気というやつかね。」

「もうこの辺は、標高三千尺ぐらいですからね。秀峰八甲田のうちの、大岳の中腹あたりになります。もうすぐ鹿湯です。雲上の霊泉、鹿湯です。」

また渓流を渡った。萱野高原からそこまで行く間に渡った四つ目の渓流であった。青く水をたたえた淵が、ちらと目に映った。

「いい渓流だ。素晴しいようじゃないか。あの川、ヤマメかね、イワナかね。」

「イワナでしょうね。さっき、最初に渡った川では、ヤマメが釣れます。いつか私、ものすごいこと釣りました。そりゃすごいものです、ぼんぼん釣れましたね。」

その日の私の予定では、午前中に鹿湯の温泉場風景を見て、夕方までに蔦温泉にたどりつこうということになっていた。ところが、大岳の中腹に近づいたころから次第に山が荒れだして、鹿湯に近づくにしたがって、ひどい濃霧になって来た。運転手の見透しがきかないので、霧の晴れ間だけを選んで車を進めて行った。ブナの密林が濃霧にかき消され、暫くすると薄れて行く霧のなかに、ぼんやりとその姿を現わして来る。そこを見すまして運転手は車を徐行させた。

鹿湯の温泉宿に着くと、いきなり喇叭《らっぱ》を吹き鳴らすものがいた。いまどき喇叭の音をきくのは珍しい。見ると、兵隊服を着た七十前後の老人が、腰に一管の横笛を差して直立不動の姿勢で喇叭を口にあてていた。進軍の合図か集合の合図かしらないが、ふざけているとも見えないで、なかなか達者に吹き鳴らす喇叭の音であった。

「あれは、客人を歓迎する喇叭です。心配なさらなくってもいいです。」

と運転手が言った。

この喇叭は、無意味に鳴らしているのでないことがわかった。ここの温泉宿は、つくりが大きくて棟が幾つにもわかれ、ふとした一部落ぐらいの外観である。二千人の浴客を収容することが出来るそうだ。こんなに家が広くては、女中たちを勢ぞろいさせるのに何かの合図が必要である。女中たちは、この喇叭を合図に玄関に集まって来て新来の客にお辞儀する。

午後三時すぎであった。霧も深くて危険なため、私はこの宿に泊ることにした。二階の窓から渓流が見えた。清冽な水が、傾斜を持った岩の台地を掘りさげて流れている。ちょっと釣れそうな気がしたので、陽のあるうちに釣るつもりで私は釣の支度にとりかかった。そこへ宿の主人と、さっきの老喇叭手が来た。

「あの川、釣れるでしょうか。」

と老喇叭手にきくと、

「とんでもない。あの川には、虫いっぴきもいない。」

という意味のことを言った。

私はそれを疑った。釣れないわけがないと思われる様相の川である。それで老喇叭手の津軽弁が難解なため、運転手に通訳してもらった。やはり釣れないそうである。この川は裏山の池から流れ出ているが、その池は熱湯の渦巻いている火口湖であった。

私は釣道具を鞄に入れ、ちょっと間の悪い思いをしながら釣竿も袋にしまった。それを宿の主人が気の毒だと思ったのだろう。

「お客さんは、ずいぶん釣がお好きのようですね。お客さんの御都合次第では、明日、グダリ沼へお出かけになりませんか、きっと大漁です。明日は、うちの番頭も出かけますから。」

主人はよくわかる言葉でそう言って、グダリ沼の素晴しい漁について話した。——この宿の番頭たちは、午後ちょっと出かけるだけで、イワナを二十ぴきから三十ぴきも釣って来るそうである。その沼は、ここから蔦温泉に行く途中、八甲田山中の高原のはずれにある。いま八甲田の連峰は、大岳、小岳、硫黄岳、石倉岳など、みんな雪をかぶっているが、中腹の高原にはワラビがびっしり生えている。この宿の番頭たちも、ワラビ狩のときには山ほど採るので、トラックに積んで帰って来る。沼のほとりの風景も悪くない。グダリ沼の岸に沿うて生えている柳は新芽が萌え出ている。砂地にはハマオモトに似た水芭蕉が生えている。雪をかぶった連峰が、沼の水にうつって風景絶佳であると主人が言った。

これは釣情報として私には最優秀なものであった。行かないという法はない。宿の主人が、その沼のイワナは最近になって養殖されたものであると言った。昔は何もいない沼だったそうである。

のんびりとして居心地の悪くない宿であった。老喇叭手は名刺を取出して、

「この名刺、一枚しかないが、受取ってもらいたい。少々よごれているのは、古くなったためで、最後の一枚だ。」

そういう意味のことを言って、手垢でよごれ、くたくたになった名刺を私にくれた。ずいぶん沢山の肩書があった。あまり肩書が多いので、その一部だけ記してみると、「鹿湯共栄会長」「八甲田山中鹿湯十和田湖蔦湯谷地猿倉田代案内」「青森営林署東北帝国大学植物研究所」「鹿湯温泉衛生組合長」「横田村竹細工組合長」「鹿湯定期馬橇組合長」その他の肩書で、名刺の裏面には、「鹿内仙人」という通称を記念スタンプ風にし

て捺してあった。この喇叭手の鹿内仙人は、私に植物研究所を見物させてやると言って裏手の小高い岡に連れて行った。見なれぬ灌木や、高山植物や、笹などが生えていた。鹿内仙人はその名前や特色についていろいろ説明してくれた。植物については博識の老人である。崖ぎわにツツジに似た花を持った灌木があった。その花を私がむしり取ろうとすると、

「止せ止せ、危険だ。美しくっても、猛毒の花だ。」

という意味のことを仙人が言った。この花の汁をなめると即死する。先代萩という芝居に出る悪者は、この花の汁を用意していたものだと言った。

この裏山は地形の上で言えば、谷間に噴火口が口をあけ、その噴出物が堆積して出来た岡である。噴火口は渦巻く熱湯をたたえた大きな池になっている。その熱湯の流れ出したものが、一見清冽な流れとなって、その流れに沿う硫黄の露出している地面に、熱い蒸気の噴き出しているところがある。その個所を板で覆いをして、さらに長っぽそい箱の台を置き、この台のなかに熱い蒸気を流しこむ仕掛になっている。これに腰をかけると、お尻が温まって来る。一種の安楽椅子である。

夕方、私がお湯からあがって裏山の散歩に出かけると、浴客らしい二人の娘さんが尻

をまくってこの安楽椅子に腰かけていた。一人は、婦人雑誌か何か声を出して読みつづけ、他の一人が編みものをしながら、その音読する声に耳を傾けていた。

グダリ沼まで行く途中、沿道にある睡蓮沼という火口湖を見た。ぐるりにアオモリトドマツの原生林をひかえ、よほどこの沼は干あがって水底を見せていた。それでも、一つの火口湖として、森閑と澄ましこんでいた。水の干た地面に、点々と水芭蕉が生えていた。この沼にはモリアオ蛙といって木の枝に卵を生む蛙がいて、睡蓮もさく。魚は釣れないそうである。そこから見える峰の名前を運転手が教えてくれた。右から高田大岳小岳、八甲田大岳、石倉岳……

車がバス道路から脇道にはいって行くと、道が悪くなった。私たちは運転手をそこに残して徒歩で行った。このあたりは、もう昔の南部領だということである。グダリ沼まで一里半の道だが、宿の主人の言葉通り、びっしりとワラビの生えた原っぱがあった。急な下り坂もあった。雪解水が、その坂の道ばたを小川になって流れていた。丸木橋を渡ってブナの木の林を抜け出ると、広々とした原が眼前に現われた。浅瀬の川を渡るとその原に出る。牛や馬が放牧されていた。

「あの牛や馬は、南部領の者が連れて来ているのです。」

番頭の一人が私にそう言うと、兼さんという番頭が、

「しかし、ここは津軽領です」と言った。

私たちは、いったん南部領にはいって、また津軽領にはいったのであった。そんなに地形が複雑になっている。

グダリ沼は火口湖ではない。地の底から水が大量に湧き出して細長い沼をつくり、あふれ出した水が小川になって浅瀬の川に流れこんでいる。番頭の一人が釣の支度をしながら、この沼での釣りかたを教えてくれた。餌は灰色の小さなバッタである。それを水面に軽く落し、水に浮かしたまま自然に流れているように流して行く。餌を沈めると、もし釣れたにしても魚が藻のなかに潜りこんで駄目だそうである。水藻が密生して、水底をいっさい見せてない。

岸から一株の木が沼に倒れこんでいた。その幹丸太の上を歩いて行った番頭が、

「やあ、イワナの品評会だ。大きなのや小さいのが、うようよ集まっている。ここがいい。水族館だ」と、水のなかをのぞきながら言った。

私は岸の猫柳の茂みから釣ることにした。こんな場合、釣師というものは目をらんら

んと光らせながら茂みをわけて水を窺っている。私は茂みをわけて水のなかを見た。藻の上に、殆ど水面すれすれに一ぴきの大きなイワナが静止しているのが見えた。一尺五寸ぐらいだろう。よくみると、藻のかげに三びきも四ひきもいるのが見えた。私は一尺五寸の静止しているやつをねらって振りこんだ。餌は、そのイワナの鼻さきに落ちた。相手は迷惑そうに一尺ばかり左に身を避けた。もう一度、ねらいをつけて振りこむと、相手は迷惑そうに一尺ばかり右に寄った。まるで相手にしてくれない。悠然として一向に怖がる様子がない。私は何度も同じ攻めかたをした後で、イワナの尻尾の付根をねらってみた。相手は一尺ばかり前に進むだけであった。

場所を変えても駄目であった。腕時計を見ると一時すぎで、もう切りあげどきであったのでお昼弁当をたべた。しかしもう一度、ほんのちょっとだけと思って釣場に引返した。すると、茂みのなかに一人の釣師がいた。四十前後の年配である。その男は私を見て、

「お前さん、どこから来た」と言った。

「東京から来た」と答えると、その男は言った。

「釣れたか。」

「駄目だ。こんなに沢山いるのに、どうして釣れないのかね。さっぱり駄目だ。」

「わしも、今朝から釣っておるが、一ぴきしか釣れぬ。」

その男は岸から魚籃を取りあげて、

「これを、お前さんにあげよう。よいかお前さん、宿へ行ったら、お前さんが釣ったと言うことだよ。」

その男は、生かしてあったイワナを私の魚籃に入れた。私は辞退したが、

「いや、持って行け。」

と言って、むしろ無愛想な素振で茂みのなかにかくれた。この男は、ここの放牧場の番人か何かだろう。一本竿を持っていた。この付近には何里四方の間、番人の住む家以外、民家は一軒もなさそうであった。

私が荷物を置いていたところに引返して行くと、番頭たちが鼎坐して弁当をたべていた。兼さんが私の魚籃のなかを見て、ちょっと驚いたように言った。

「おや、釣りましたな。これは驚いた。やっぱり、好きだけのことはある。」

それは私をからかったのではない。この番頭も一ぴきしか釣れていなかった。もう一人の番頭も一ぴき釣っているだけで、あとの一人は一ぴきも釣っていなかった。釣れな

いのは、ヤマセが吹くためだと番頭たちが言った。ヤマセとは東風のことで、こんな日には釣れないのが普通なのだそうである。この人たちは、もすこし釣りたいと言ったので、私は案内してもらったお礼を言って帰ろうとした。番頭の一人が私を追いかけて来て、二ひきのヤマメをお土産だと言って私の魚籃のなかへ入れた。

「どうも有難う。」

「いや、こちらは夕方まで釣ります。どうせ帰りは月夜ですから。どうぞ、お大事に。」

その番頭と私は、手を振って別れの挨拶をした。

引返す道は殆ど登り坂だけで、私は相当くたびれた。車のあるところまで一里半の道を二時間あまり費した。運転手は私の魚籃を受取って、

「釣れましたね。一、二、三びき。みんな二年ものですね」と言った。

私は一ぴきも釣れなかったと言う代りに、

「きょうは、ヤマセが吹くから、さっぱり駄目なんだ」と答えた。

バス道路に出てから蔦温泉に行く道は、すこしずつ下りになる一方で、もう雪をかぶった峰は見えなかった。渓谷づたいの曲りくねった道を行くのだが、このあたりの新緑は素晴しい。

「むせるようでしょう、この新緑」と運転手が言った。

ときどき水の流れる音がきこえ、新緑に遮られた渓流が途切れがちにその姿を見せた。運転手も気持が浮きたっていたらしい。知りあいのバスガールの案内口上を思い出した風で歌をうたうように言った。

「右手、木の間がくれに見えて参りました流れは蔦川で御座います。この川にもヤマメ、イワナ等が沢山おりまして、青森辺からも釣に参る人が御座います。静かな流れの音が、林間にこだまして、幽邃な深山の気をただよわせております。この渓谷の秋の紅葉は、十和田線中、一二と言われ、絵にも筆にも口にも、現わせない美しいもので御座います……」

私は運転手に、蔦温泉場の釣場についてたずねた。川よりも沼の方が近くて便利だそうである。地図を見ると、蔦沼という火口湖が温泉宿のすぐ近くにある。

宿に着くと私は釣の支度をして、餌は何がいいか宿の人にたずねた。ブナの木の青虫がいいという返事であった。薪ざっぽうでもって、ブナの幹を力いっぱいなぐりつけ、青虫を梢から落すのだそうである。

私は宿の人から蔦沼のある方角を教わって宿の裏手に出た。小路の両側にブナの林があった。薪ざっぽうはなかったが、手ごろの木切れが見つかったので、それを拾って一本のブナの木を力まかせになぐりつけた。木切れは手もとから折れた。

私は蔦沼をちょっと見て引返した。宿に帰ると、二台のトラックに満載されて団体客が着いた。そこへまた大型バスに詰めこまれた団体客が来た。宿全体が急に活気を帯びて来て、別棟の広間で宴会がはじまる模様であった。女中たちが廊下を急ぎ足に行ったり来たりした。しかし宿の主人は落ちついたもので、掛軸を幾つも一と抱えにして私の部屋に持って来た。そうして、殆ど一言も口をきかないで、物しずかに一幅ずつ取りかえて床に掛けて見せてくれた。たいてい大町桂月の書いたものである。一幅、小杉放庵の描いた南祖坊坐像の想像画があった。みんなこの宿で揮毫したものだそうである。

私は特別の話題もなかったので、「桂月先生は、ここでもお酒、召しあがりましたか」と言った。無口な主人は、「はあ」と答えた。「放庵先生も、よほどお酒がおすきでしょう」ときくと、「はあ、いやそんなには」と答えた。

「どうも有難う。すっかり、眼福にあずかりました」と言うと、「いえ」と、そっけなく言って主人は座を立った。

蔦温泉の在り場所は赤倉山の中腹である。その裏山の火口湖から、可愛らしい流れが溢れ出て、宿の裏手を遣水となって流れている。地域は概ね平坦で、南北二丁ぐらい、東西その倍ほどの狭隘に限られている。三方をブナの木の茂る丘で取りかこまれ、ほんのわずかに東の方だけ開けている。この地域は付近の湖と同様に、噴火口のあとだろう。それが土砂のために埋没して、ぐるりを緑なす丘で囲まれた別天地となったのだろう。

私はこの温泉宿に一泊して、翌朝、まだ太陽の出る前に起きて焼山に向けて出発した。焼山にはヤマメ釣の板垣金作という老人がいる。私はこの老釣師に奥入瀬川の釣案内を頼むため、前の晩、宿の人のはからいで交渉ずみにしておいた。

宿の庭を出て行くとき運転手が言った。

「大町桂月先生のお墓、もう一度、拝みますか。」

私は割愛した。前日、もはや夕食前に参拝してお墓に草花を供えておいた。お墓は宿の近くの林のなかに、二股にわかれたブナの大木を背景にして立てられている。桂月先生はこの土地の風景や人の風儀にあこがれて、この温泉場に戸籍を移してここで亡くなった。

車は樹海のなかに通じる道を進んだ。左右からブナの枝が差しかかって天蓋をつくり、前方を見ると下り坂の若葉のトンネルになっている。その茂みの隙から見えるのは、重なり合った山の、あくまでも濃みどりの密林だけである。この付近から背後の山、約二十数キロにわたる密林を、十和田樹海と言うそうである。ブナの木を主にした一大原生林である。蔦川に沿う道に出ると、黒っぽい羽根の鳥が二羽、川のおもてをかすめて飛びながら車と並行について来た。川つぐみにしては二倍も三倍も大きすぎる。その鳥は、川が滝になっているところまでついて来ると、身をひるがえして滝壺の真青な水面に身を浮かべた。同じような鳥が滝をかすめて何羽となく飛びまわっていた。オシドリではないだろうかと思ったが、すぐ見えなくなったので何だかわからない。

「きょうは、いい天気になりますね。どっさり釣って下さい、トラックに積むほど。奥入瀬川には、十和田湖のマスも流れ出ています。一名、和井内マス、北海道阿寒湖のカバチェッポです。」

運転手は車を徐行させて左手の崖を私に見させた。

崖の斜面に裂けめのある岩が見え、その下にあたる岩裾に、ちょっと見落して行きそうな岩窟があった。

「穴だね。」

運転手は返事をする代りに、女の子の声色を真似て説明した。

「あれは、風穴と申します。あの岩窟を覗きますと、千尋の奈落より、神秘なる冷風が吹き上げて参ります。明治の文豪大町桂月先生は、あの穴を御覧になりまして（この穴に神代の冬の籠りけり）と、即興にてお詠みになりました。」

バック・ミラーにうつる運転手の顔は、ふざけているとは見えなかった。

焼山の部落には、橋の付近に数軒の家がある。金作さんと会う約束の場所は雑貨屋にきめていたが、時間が早いのでまだ来ていないそうであった。この雑貨屋で、私が草履や煙草など仕入れる間に、運転手が金作さんのうちを訪ねて車で連れて来た。七十前後と見える老人だが、しゃんとした姿勢で助手台に乗っていた。私は初対面の挨拶をした。金作さんの言う言葉は私にはさっぱり通じなかった。

「餌はメメズです。どっさり持って来たそうです」と運転手が通訳の労をとった。釣場は、三キロほど川上だそうです。この爺さん、きょうはマスが釣りたいから、大きな魚籃を持って来たと言ってます。ともかく、釣場の荒らされないうちに、駈けつけなくっちゃ。」

私たちは釣場に向けて出発した。すぐに道が渓谷にはいった。

金作さんの魚籃は、魚籃と言っても竹で編んだ普通の背負籠であった。車のなかに立てかけている釣竿は、三本つぎ二間もので、穂先がアユのゴロビキ用のものほど太かった。私の釣竿は阿佐ケ谷の大澤釣具店で買った細竿である。穂先はハヤ竿よりもまだ細く、その代りに細いテグスで間にあうので、ヤマメが飛びついて来る率も多いわけである。金作さんのような太い穂先では太いテグスをつける必要がある。私はその仕掛を見せてもらおうと思ったが、言葉が通じないのが面倒なため残念ながら黙っていた。

小さな滝の群が見えた。そのあたりから釣場だと運転手が金作さんの言葉を通訳した。私たち二人の釣師は車をおりた。

私は上着をセーターに着かえ、ズボンをたくし上げて草履ばきになった。その間に金作さんは私の餌箱にミミズを入れ、素早く竿をつないで籠を背負った。私と同じく勢い込んでいるように見えた。金作さんはブナの大枝の下をくぐりぬけ、崖に露出した木の根を足場に川岸の大岩のてっぺんに飛び移った。老人とは思われない身がるな動作である。その大岩のてっぺんから小さな岩に飛びおりると、岩づたいに飛んで行って平たい岩の上にたどりついた。

遊覧バスが警笛を鳴らして通りすぎ、川下の方にくだって行った。私は足場のいいところを捜しに川上の方に向って行った。一ヶ所、川沿いの平坦な土地に、一面に羊歯が生え、ブナやカツラの木や山モミジなど大木の生えているところがあった。その大木の森を通りぬけ、淵に突き出している大きな岩の上に出た。私は撒餌のミミズを一ぴき放りこみ、岩の水際とすれすれのところを狙って慎重に振込んだ。途端に手応えがあった。私の胸は動悸をうちだした。

思わず私は舌打ちをした。一尺ちかいやつであった。

ハリスと道糸のつなぎ目が切れていた。胸の動悸がおさまらなくてテグスを結ぶ手が震え、腕を岩角に倚託しても結びにくかった。私は動悸がおさまるまで一ぷくすることにして、岩の上に坐って煙草をつけた。

背後から金作さんが声をかけた。その言葉は「お前さん、釣ったか、釣らなかったか。おれはまだ一ぴきも釣らない。きょうは、ヤマセで駄目だ」というような意味らしかった。それとも「俺は、いつもこの釣場で、必ず大きなやつを釣りあげる。この釣場には大きなやつがいる筈だ。ヤマセなんか問題でない」というような意味であったかもわからない。

私はそのいずれの問いに対しても向くように「いま、一ぴき釣り落した」と言った。

金作さんは、私に頻りに話しかけ「俺のいうことが、わかるか、わからないか」という意味のことを言った。「大事なところだけ、さっぱりわからない」と答えると、金作さんは、がっかりした風で川上に行った。私はその釣場でかなり辛抱してみたが、どうも調子がよくないので思いきって五丁も六丁も川上に移動した。そのあたりには、小さな滝がところどころにあった。私は餌をスズコに変えてみたが駄目であった。そこでブナの森を通りぬけて川上に出ると、大きな滝を前にして金作さんが釣っていた。かねて私も写真で見て、子の口の滝と名を覚えていた大滝である。高さ三十尺ぐらい、幅はその三倍ぐらいもある。ダムの水門のように整然として莫大な水量で流れ落ち、真白な懸崖をつくっている。しぶきが絶えず吹きつけて、たびたび眼鏡のたまを拭きなおす必要があった。

「すごい滝だ。金作さん、ここからもうすぐ十和田湖だろう。」

物凄い滝の音で、私の大きな声も金作さんにきこえなかった。

この滝の左手に、枝川から流れ落ちる小さな滝がある。私は金作さんと並んでこの滝壺で釣ってみたが、やがて無言のままお互に竿じまいにした。二人は草で覆われた崖を這いあがって、バス道路に出ると右と左に別れることにした。金作さんは歩いて焼山に引返すのである。

「どうも有難う、お大事に。」

「すづがに、おであれ、気つけで、おであれ。」

お互に帽子をぬいでお辞儀して別れた。


（昭和二十七年）

塩の山・差出の磯

――ちょっと汽車に乗って、どこか田舎に出かけないか。ふと出かけるという気持だ。甲州はどうだろう。でも甲州なら塩山に寄って、恵林寺の庭を撮影しようじゃないか。ついでに、差出の磯にも寄ろうじゃないか――

私は矢口君を唆かして、写真作家の土門さんと三人づれで甲府に行った。台風の吹き去ったあとだから空がよく晴れていた。私たちは甲府の宿に一泊して、翌日、塩山の恵林寺に行き、その足で差出の磯にまわった。

古歌に「塩の山、差出の磯に住む千鳥、云々……」という一首がある。よく娘さんたちが、嫁入り前に習う「千鳥の曲」という琴歌は、歌詞がこの古歌の繰返しになっている。

塩の山というのは、現在の塩山駅の近くにある。ちょうど塩竈から取出した塩を、塩焼小屋の土間に盛ったような恰好の小高い山である。赤松に覆われている。

この近くを笛吹川が曲りくねって流れている。その右岸に迫って来ている丘陵の端を、差出の磯と言っている。塩山の方から甲府に向けて行く街道が、ここで笛吹川を越え、丘陵の裾に沿うて続いている。汽車の窓から見ていると、橋がちらりと目にはいる。

「あの橋が、メガネ橋という橋だ。あの橋の下の淵が、僕の釣場になっていた。鮎の解禁日には、百尾ちかくも釣ったもんだ。」

私は矢口君にそう言った。俗に言う釣師の法螺にすぎないが、矢口君は他愛なく真に受けて、

「すごいなあ、百尾ですか。大きなやつでしょう。大漁のときは、気分爽快でしょうね。」

と言った。

土門さんは、車中にあっては絶えず居眠りを続けていた。この人は写真を撮るとき以外には、人の饒舌に対して何の興味も見せなかった。

以前、私は戦争中にこの付近に疎開していたが、鮎釣の季節には毎日のようにメガネ橋の下の淵に出かけていた。この土地の漁業組合の人たちが、ここの淵にどっさり鮎を放流していたのである。私は塩山町の矢崎さんという釣師の紹介で、疎開中ずっと漁業

組合の組合員になっていた。

矢崎さんという人は、猟銃も上手だが鮎釣にかけては稀代の腕を持っていた。私は鮎の釣り方について、毎日のように矢崎さんの指導を受けたので、釣技が上達したと思っている。しかし矢崎さんは釣というものについて一つの掟を持っていた。あるとき私が、川のなかの大きな岩の上に立って釣っていると、その日は不思議によく釣れるので気を許し、釣れるたびに腰を落して岩を滑って行きながら鮎を手元に引きよせていた。つまり岩を滑る遊びをしながら釣っていた。すると、遥か川しもの方から矢崎さんが見て、わざわざ私のところにやって来て厳しく言った。

「釣というものは、まじめにしなくっちゃいけねえ。真剣でなくっちゃいけねえ。」

この言葉は、大事にしなくてはならぬ。

そのころ私は友釣を専門にしていたので、ここへ釣りに行くたびに橋のたもとの近くの床屋で囮の鮎を買っていた。その床屋の硝子戸に「アユのオトリあります――当店」と拙い字で書いた紙が貼りつけてあった。こんな鄙びた貼紙には、誰だって釣師は胸のときめきを感じるだろう。

いつも私は朝早く、床屋を訪ねていた。そのつど、床屋の娘が「お早うございます。

生簀のとこまでおいで下さい」と言って、畦道づたいに家の裏手の溝川へ私を連れて行った。たいていのとき、娘はまだ寝間着のまま私の先に立って案内してくれた。畦道の草は朝露に濡れていた。娘は着物の裾が露に濡れるので、かまわず裾端折りにして赤い湯巻を出していた。そのうしろから私がついて行く。娘は生簀のところに行くと、溝川を大きく跨いでタモ網で鮎を掬って私の囮箱に入れる。

「その娘は、夏でも英ネルの寝間着をきていましたよ。洗いざらしの着物だった。」

若い矢口君に私はそう言って、娘の色っぽさを仄めかしたが、

「そうですか。」

と言うだけであった。

「では、差出の磯は後まわしにして、恵林寺へ先に行こう。初秋真昼どきの寺の庭は悪くない。」

私は恵林寺にはまだ二度しか行かないが、道づれに対して案内者のつもりになっていた。

恵林寺は元徳二年（一三三〇）夢窓国師の開山である。庭も、国師の造築にかかると言われている。臨済宗関山派の名刹で、武田信玄の菩提寺であった。

甲斐案内記によると、天正十年、近江の国の浪人佐々木承禎が足利将軍義昭の内意を受け、武田勝頼と通謀して織田信長に反抗した。しかるに勝頼が信長に亡ぼされて危険が迫ったので、佐々木は恵林寺に逃げこんで長老の快川和尚に救いを求めた。快川は佐々木をかくまって逃がしてやった。これを知った信長は、大軍をもって恵林寺を取りまいて、長老快川をはじめ、衆僧、寺侍など、百三名の者を山門の楼上に押しこめて火をかけた。枯草や藁を山門の下に積みあげて燃えあがらせた。快川はその烟に噎せながら断末魔の偈を残した。

「安禅、必ずしも山水を須《もち》いず。心頭を滅却すれば、火も自ら涼し。」

この句は、今でも世間に伝わって人の語り草になっている。しかし火炎に包まれた山門の楼上で唱えた偈が、どうして世間に伝わっているのだろう。大きな声で叫んだのだろうか。それが山門を取巻いていた軍兵たちの耳にきこえたのだろうか。甲斐案内記には「このとき長老快川、猛火に包まれながら泰然自若として、心頭を滅却すれば火もまた涼しの句を唱え、百三名の僧俗と共に武田氏に殉じたのであった……」と書いてある。

この山門の跡に、現在は素朴な造りの楼門が建っている。左右の柱に連が掛けてある。右側の連に「安禅不須必山水」と記され、左側の連に「滅却心頭火自涼」と書いてある。

土門さんはこの山門をカメラにおさめると、

「信長は、よっぽど坊主を嫌ってたんだな。坊主が、憎くて憎くてたまらなかったんだろう。叡山でも、あんなにどっさり坊主を殺している。」

そう言って、つくづくまた山門を見上げていた。天正の昔、この山門がどっと燃えあがった有様を想像しているようであった。

この門をくぐると広々とした境内である。大勢の子供たちが遊戯をしながら歌をうたっていた。寺男にたずねると保育院の子供たちだそうであった。門の廂の下で土いたずらをしている子供たちもいた。あどけない手つきで、乾いた土を富士山の型に盛りあげようと苦心している子供もいた。門の横木に這いあがって、寺男に抱きおろしてくれるのを待っている子供もいた。あぶないので寺男がすぐそれを抱きおろすと、ほかの子供が急いでまた這いのぼる。

「子供は、抱いておろしてもらいたいから、のぼるんです。あぶなくって、見ていられない。」

と寺男が矢口君に言った。

保育院の女先生が、携帯用の拡声器で子供たちに告げた。

「さあ皆さん、今度は何をいたしましょう。さっきは、星組の子供さんたちに、兎さんの行列を踊ってもらいましたね。うまく踊れましたね。その次には、花組の子供さんたちに、亀さんの駈けっこを踊ってもらいましたね。とてもとても面白かったですね。みんな笑いましたね。さあ、そこで今度は月組の子供さんたちに、鶯の水浴びを踊ってもらいましょう。」

花組の子供というのは、満二歳以下の者だと寺男が教えてくれた。星組は満四歳以下ぐらいだそうである。月組の子供たちは殆ど学齢に近い。月組の者は、女先生の言葉にしたがって不完全ながら円陣をつくった。

「それでは、月組の皆さん、鶯の水浴びを始めましょう。歌をうたいながら踊りましょう。さあ始めましょうね。よろしいですか、さあ、一、二、三……」

子供たちと一緒に、女先生も拡声器でうたいだした。

「さくらア、さくらア……」というような調子である。この歌声につれて月組の子たちは、まちまちに手を上げたり下げたりした。右に動いたり左に動いたりした。

本堂に向って境内の右寄りに、「塩山保育院」という大表札を出した一棟があった。

本堂は不思議なほど急勾配の屋根を持っている。大伽藍といった構えだが、昔はこれにも増して大規模に堂塔が付属していたらしい。それを語るかのように昔の礎石が残っている。

お庭拝見を願いに、矢口君が庫裏《くり》に行って来て、

「老僧は、高熱で動けないそうです。雛僧も、あいにく出かけているそうです。でも、見物してもいいんですって。お婆さんのような人が、そう言っています。」

と知らせてくれた。

庫裏の入口の右手に、丈余の柊《ひいらぎ》が一株ある。それと対に、手前の方にも同じような樹容を持った柊がある。共に相当の樹齢だろう。土用芽を除くほかは、殆どみんな葉のギザギザを失っている。

私はこの柊の木には見覚えがあった。二十年ばかり前に、初めてこの寺の庭を見物に来て、庫裏の入口に立ったとき素晴しい匂が私の鼻をついた。たしかに柊の匂だと思った。私は辺りを見まわして、すぐそこに葉のつるりとした柊の木があるのに気がついた。そのとき庫裏の土間で、初老の坊さんが墨染の衣に襷がけして太い太い大黒柱を雑巾で拭いていた。その坊さんは、私が土間にはいって「御免ください」と言っても返辞もしなかった。

「お庭を拝見したいんです。」

私がそう言うと、坊さんは見向きもしないで、

「どうぞ、ずっと部屋にはいって見物してください。部屋から見てください」と、ぶっきら棒に言った。

そのとき私は、日本庭園に関する挿絵入りの書物を鞄に入れていた。それで坊さんの言う通りに、ずっと部屋にはいって行き、挿絵入りの書物を参照しながら庭を鑑賞した。その書物によると、この寺の堂塔伽藍いっさいが織田信長のために焼かれたとき、庭の樹木も焼け焦がされた。その後、再度にわたって水害を受けたので、夢窓国師の造った庭の原型をとどめるのは、わずか左手の一部分だけだそうである。

この庭の左手といえば、枝垂桜の古木が生えている辺りかもしれぬ。その桜の木の後方に、殆ど限度にまで伸びていると思われる樫の木がある。その後に高く杉の木が見える。

桜の木の右手に当って、築山の高みのところに小さな滝が懸っている。一方、もう一つの滝水が、縁側に近い泉水の対岸に流れ落ちている。この遠い滝と近くの滝は、水音の高低を混ぜ合して、谷川の水音のような趣を出している。ためしに本堂の裏縁を歩い

て行くと、高い水音の方が次第に低くなり、低い水音であった方が次第に高くなって行く。谷川沿いに道を歩いて行っているような、そんな気持になったと思ってもいいようであった。

私は縁側を行ったり来たりして、もう散々これで堪能した気持で帰ることにした。

庫裏を出るとき私は坊さんに、

「有難うございました。」

とお辞儀をした。

坊さんは大黒柱のそばの上り框に雑巾がけをしていたが、私の方を見向きもせずに、

「はい、左様なら。」

一言そう言った。

一番目の山門を出て行くと、後の方で釣鐘の音がした。二番目の山門を出ると、参道の左手に大きな桜の木の並木がある。幹のまわり一丈あまりの桜の老木もある。釣鐘の音は間を置いてきこえていたが、私が三番目の門を出るともうきこえなくなった。時計を見ると三時すぎで、お寺の釣鐘の鳴る時刻とも思われない。まさか坊さんが、一面識もない私のために、釣鐘の音で風情を添えてくれたわけでもないだろう。

しかし悪くない気持で私は帰って来た。

それから何年かたって、私は友達とまた庭を見に行った。今度が三度目である。

「この庭は、きびしいね。とても厳格だ。」

土門さんはそう言って庭にカメラを向けた。

矢口君と私は、庭に咲いている花の種類を勘定した。萩、桔梗、白萩、百日紅、秋海棠、どくだみ……。ふと山鳩が来て本堂の軒とすれすれに低く飛んで槙の木の枝にとまった。次に、尾長の群がやって来て、そのうちの一羽が、庭じゅうで一ばん高い杉の木のてっぺんにとまった。太陽を浴びて新芽のように細く明るく見える杉の最尖端である。それが尾長のとまった重みで半円に曲った。風が吹くと、くらくらとそれが揺れ動くが、そのたんびに尾長はうまく重心を保った。青空が背景である。

「あいつが、尾長の大将だ」と矢口君が言った。「あんなことして、部下の尾長にサインしているんですね。尾長という鳥は、いつも群をつくって、大将の号令一番、烏《からす》なんかを非道い目に遭わせることもやりますからね。」

「おや、あの大将、向きをかえた。あれもサインだろう。」

「人間がいるぞ。しかし、でえじょうぶだ。そういうサインかもしれないですね。鳥によると、ステッキと空気銃の区別、ちゃんと見分けますからね。」

尾長の部下たちは、五六羽ずつの群をつくって木の茂みから姿を出すと、次の茂みに潜りこんだ。どの群も同じ方角に向け、少しずつ間を置いて移動していることがわかった。杉のてっぺんの大将は、傍目にはいい気持そうに見えていた。

本堂の縁側と庫裏の縁側は、渡廊下で続いている。泉水の余り水がその渡廊下の下を流れ、噴水を設けた岩の島を置いてある別の小さい池にそそいでいる。土門さんは渡廊下の欄干から乗りだして、水面にいるアメンボウを真上からカメラに入れた。アメンボウの生態研究に夢中になった風で、たてつづけに幾度もシャッターを切った。

「昆虫は、脚が六本あるんでしょう」と土門さんは、アメンボウの撮影を一と休みして言った。「そうすると、あのアメンボウの頭の両側に出ているのは触覚でなくって脚でしょうね。」

なるほど、はっきりした脚は四本あって、触覚かと思われる短い角のようなものが二本ついている。

この角みたいなもので、水面の微生物か何かを捉まえるのだろう。ときどきそれをこすり合せるような真似をする。

向きを変えるときには、目も止まらない速さである。脚の力によるらしい。脚は水面を踏んまえているというよりも、水面の表面張力を踏んまえているといった感じである。踏むのでなくて、表面張力がアメンボウをすべらせるように見える。空気のほかには、水面ほど滑らかなものはないだろう。アメンボウは、さっと鮮やかに向きを変える。真上から見ると、脚でもって水面に、ほのかな丸い暈《かさ》をつくっている。

「とにかく、表面張力が曲者だ。」

土門さんは、また一としきりアメンボウに向けてシャッターを切った。

撮影が終って、庫裏の土間で靴の紐を結ぶとき、不意に土門さんが、

「坊主は、はったりがあるなあ。」

と大きな声で言った。

私はびっくりして辺りを見回した。寺の人は誰もいなかった。大黒柱のそばにある大きな衝立に、太いつづけ字で大文字を一字だけ書いてあるのが目についた。何と読むのかわからない。土門さんも読めなくて腹を立てたのだろう。私は衝立のそばに行って自分の腕の太さとくらべたが、文字の太さの半分にも足りなかった。

——塩山の町に出て、甲府に引返す途中、差出の磯に寄った。メガネ橋の下は、以前

の水流を思い出すのにまごつくほど、すっかり様相が変っていた。淵のあった辺りは、ごろた石の川中島になって、ところどころに蓬が生えて月見草なども生えていた。釣場として私の一ばん大事にしていたあなの辺りは、川上から分れて来た細い水流のざらになって、かつて私が鮎を釣りながら滑った大きな岩は消えてなくなっていた。

「おそろしいもんだ、すっかり変ってしまったよ。」

私は床屋のあった辺りを素通りしてみたが、それらしい家も見つからなかった。

（昭和二十九年）

三浦三崎の老釣師

去年の正月、三浦三崎の岬陽館主人のよこした年賀状に「三崎の老釣師で鯛釣の名人を御紹介したいと思いますから、近いうちに一度お出かけ下さい」と書いてあった。私は神経痛の持病があるので、このごろでは釣は専ら理論だけにしているが、先日、ふとその年賀状のことを思い出して三浦三崎へ出かけて行った。鞄を岬陽館にあずけ、宮川春吉という老釣師を紹介してもらって城ケ島の沖へ釣に出た。船は発動機のついた普通の釣船である。

春吉さんは明治二十二年生れ、九歳のときから海釣をやりはじめたそうである。幼くして専門の釣船に乗組むようになったので、当時の漁師の慣わしから学校にはあがらない。時化のときお寺へ行って和尚さんから手習を教わるだけである。それでも、十三、十四、十五のころはお寺の夜学に通っていた。十七歳のころからは、人を五六人も頼んで沖へ出るようになった。年のうち二ヶ月くらいは千葉へ漁に行き、伊豆の稲取、妻良《めら》などへも出かけていた。釣った魚はその土地の魚問屋に売るのだが、問屋はよそから来た漁師を泊める納屋を何軒も持っているので、その納屋に泊っていた。

「俺はそんなことを、さんざやった。四五トンの帆掛船でマグロ釣をやるのだね。それが十七、十八、十九のころで、明治四十二年からは房州のクジラ船に乗ったもんだ。クジラ船は、電気チャッカー、瓦斯エンジン、焼玉エンジンなど、いろいろさまざまだ。一年一年、いい機械が出来て来たね。三十五六のときはサバ船に乗った。」

春吉さんはそう言った。

大正の末に大地震が揺れたときには、春吉さんは船にいたので碇をおろして津波に流されないようにした。西から来る津波の方が強かったが、車から押寄せる津波も城ケ島より五六メートル高く盛りあがっていた。もしその水が陸に押寄せたら三崎の町はつぶされるのだが、西から来た津波とぶつかって、三崎の町から城ケ島まで海の底が干あがってしまった。地球が傾いたのではないかと思われた。ところが水は干あがったきり押寄せて来ないので、町の人は笊を持って元の海の底へ魚を拾いに行った。今、岬陽館にいる女中のお袋なんかも、あのときには笊を持ってサザエを拾っていたと春吉さんが言った。

城ケ島の沖は海底に砂のところが少くて、殆ど岩ばかりの断崖つづきになっている。それで、タイ釣の場合はどうすればいいか、ハタの場合はどうすればいいか、クロダイの場合は、ブリの場合は、ヒラメの場合は……と春吉さんがいちいち説明してくれた。私はタイを釣りたいと思ったが、今年は餌にするエビが手に入らないそうで、春吉さんはハタ釣の餌にする生きたアジを何尾か船の生簀に入れていた。そのアジの鼻の穴に釣鉤をさして餌にする。アユの友釣に使う鼻環とは違って、残酷なほど太くて大きな釣鉤である。

いい凪で空が晴れ、潮の満ちきる直前であった。春吉さんは城ケ島の東の端と西の端と、その向うに霞んでいる山を睨み合せて謂わゆる山を立てた。東の端は安房崎と言い、西の端は長津呂岬である。この二つの岬を結ぶ線に対し、三角形を描いて直角になる頂点の位置で船のエンジンを止めた。ここの海では、その位置が満潮直前の釣場である。

春吉さんはアジの生餌をつけて釣りはじめた。私も道具を借りて試してみた。ハリスはテグスの一分四厘、道糸は四分の太さ。四分と言えば、ハヤ釣なんかに使う四毛の糸の百倍の太さである。

「ここら辺、深さが五十尋《ひろ》ある」と春吉さんが言った。「錘が底に届いたら、三尋たぐって。ぱくっと来たら、あわせて。魚がゆるめたら、かまわず締めて。」

言い忘れたが、船のなかには二人のほかに、私の連れの丸山泰司君と岬陽館の主人がいた。

五十尋の深さだから確かなことは言えないが、錘から受ける手応えでは、海底は変化の多い形をしている岩盤のように思われた。三尋たぐって待っていると、不意に錘が岩に引っかかったような手応えを受けた。少しゆるめると、ぐっと引張るので、春吉さんに教えられた通り、かまわず締めた。すると抵抗がちょっと薄らいだが、相手は馬鹿力のある魚のようであった。二度目の強力な抵抗を見せた。やはり岩かもしれないという疑いが起った。いや、魚だと思った。

二十尋ばかりもたぐったとき、三度目の強い抵抗があった。あとは、引く力が次第に薄らいで、私が三十尋もたぐったとき、

「来た。」

と春吉さんが言った。

私は脇見をする余裕のある筈はなかったが、

「やあ、でっかいなあ。」

と丸山君が言ったので、春吉さんの方を見た。

大きな魚が大きな口をあけ、すっと縦に立って浮きあがっている。春吉さんは舷から手を伸ばして、タモ網も使わずにその魚の口のはたをつかまえて船に引きあげた。そのとき私は、四十尋ぐらいたぐっているところであった。糸をたぐる技術の上でそれだけの差が見える。

ハタはタイと同じく深海に住むから浮袋が大である。その浮袋の浮力で手応えが次第に少くなる。あと五六尋ぐらいのところまで上って来ると、水の抵抗を覚えさせるぐらいなもの。あとはもう魚が、

「やあ、今日は。」

と言うように、海中から大きな口をあけた姿を見せてくれる。

丸山君はタモ網を手に持ったが、

「それじゃ駄目だ。こっちでなくちゃ。俺の釣った方より、でっかいな。」

と春吉さんが、大きい方のタモ網で掬いあげてくれた。

大きなハタであった。私は今までにこんな大きい魚を釣ったことがない。

「記念撮影しますからね。」

と岬陽館の主人が、二尾のハタをカメラで撮影した。

春吉さんは魚の尻に割箸ほどの竹を突っこんで腹の浮袋をつぶした。タイと同じく浮力がありすぎるので、二つ繫っている浮袋の一つをつぶさないと、生簀に入れても引っくりかえって虫の息になる。

次に、船を元の位置になおしてからやってみた。ごつんと手応えがあったので、

「来た。」

と、合せたつもりで縮尻った。すると、殆ど同時に、

「来た。いや、取られた。」

と春吉さんが言った。

引潮になったので、餌の流れる向きが変って、棚の下にいる魚が喰いつき難くなったのだそうだ。春吉さんは東寄りに船の位置を変えた。私は丸山君に道具を渡そうとしたが、釣りたくないと言うので岬陽館の主人に渡した。この人は海岸町で育った人だから釣も上手な筈だと思われるのに、錘を入れて暫くすると岩に引っかけた。春吉さんはその糸を受取って、船の位置を少し変えるだけのことでうまく抜きとった。五十尋の海の底が見えるようなものである。

私は引潮だから止した方がいいと思った。しかし、止すと言っては船頭に対して失礼に当るので、

「船に暈《よ》ったから帰ろう。」

と、嘘を言って引返してもらうことにした。

生簀のハタは、春吉さんの釣った方は側面に横縞を見せて正しい姿で口を開閉させていた。私の釣ったハタは浮袋をつぶしてなかったので、裏返しになって色が赤味を帯び、微かに口を動かしていた。

船のなかに妙な釣道具があったので春吉さんに聞くと、ヒラメの底引をする道具だと言った。アメリカ兵の軍服の腕章のような形をした板に、一分四厘のハリスを垂らして疑似鉤を一本つけてある。板は横幅六寸、縦幅一尺二寸。裏側に山型の鉛をつけ、上から三分の一ぐらいなところに道糸をつけている。擬似鉤は牛骨で鞘型にしてあるので、水のなかで引張られるとぐるぐる廻る。だからヒラメがそれに飛びつくという仕掛である。牛の角は斑《ふ》があって、色にも変化のあるのがいいそうだ。

「ヒラメがこれにかかると、板がすっと軽く上って来る」と春吉さんが説明をした。「魚が板を下に引張るから、板が裏返しになって上に向いて水を切るわけだ。魚が来な

いと、板を引きあげるのに相当に難儀をする。締めれば締めるほど切り込んで来る。」

誰が発明したのかと丸山君が聞くと、

「今年の二月、千葉の漁師に教わった。」

と言った。

これは非常によくヒラメの釣れる道具だそうである。しかし、この種の釣では船の速力が問題である。ヒキナワをするときの速さかと聞くと、

「いや、もっとスローにする。エンジンを落すんだ。」

と言った。

港に帰って来る途中、春吉さんは通りすがりの漁船に手を振って、私の釣ったハタを生簀から取出し、魚の口のはたをつかんで高く差上げて見せた。向うの船の船頭は手を振って歓声をあげた。

「大漁幟はないのかね。幟があったら立てようじゃないか。」

私がそう言うと、

「そんなものはねえ」と春吉さんが言った。「しかし、三年前から、こんなでっかいハタを見たのは初めてだ。」

私の釣ったハタは私が持って帰ることにした。春吉さんの釣ったハタは丸山君が買って帰ることにした。岬陽館の主人は、中番がその荷造りをする前に、玄関さきに秤を持ち出して魚の重さを計った。中番は物差も持って来て長さを計った。

玄関さきには通りすがりの人が寄って来て、かなり派手な人だかりがした。

「しかし、僕が持って帰ったって、市場で買って来たと言われるだけだ。嘘をついていると言われるだけだ。」

私がそう言うと、岬陽館の主人が、

「では、証拠物件をつくりましょう。現像が出来たらお送りします。」

と言って、魚の載っている秤の目盛にカメラを向けてシャッターを切った。

私の部屋の受持女中が、

「お客さん、ほんとにお釣りになったんですか。」

と怪訝そうな顔をした。

先ず、ざっとこんなもんだと言いたいところであった。

岬陽館の主人は私に魚拓をとれと勧めたが、

「そんなのは、素人がするそうだね。」

と私は言った。

釣に出たのが十時前で、帰って来たのが十二時である。丸山君は春吉さんに昼飯を食べて行くように勧めたが、弁当を持っているから帰って食べると言った。私は春吉さんを送って階段を降りながら、今度また船に乗せてくれるかと聞いてみた。すると春吉さんが言った。

「そりゃ乗せてあげてもいいが、そうそうあんな漁があると思っちゃ困るんだ。」

私と丸山君は、宿の主人が船に持って行って持ち帰った弁当を食べた。その部屋に馬場孤蝶先生自画讃の額が掛っていた。私はこれに見覚えがある。

二十五六年前の話になる。私は十人ちかくの人たちと馬場先生のお供をして油壺の見物に来て、ここの岬陽館に泊ったことがある。そのとき宿の女将が画箋紙を持ってきて、馬場さんに揮毫をお願いした。すると馬場さんは、

「僕はいつも同じことしか書かないんでね。どこに行っても同じことを書いている。」

と言いながら筆を執って、さらさらさらと一枚に書き、また別の一枚に書いた。

一つは鰹の絵に「海見えて若葉の道よ伊豆相模」という讃である。もう一つは三味線の絵に「一葉の住みし町なり夕しぐれ」という讃である。掛額にしてあるのは鰹の絵だ

が、紙が新しく見えるので宿の主人に聞くと、三年前に表装したということであった。のびのびとして、気持のいい筆蹟である。

私は学生のときにもこの町に来たことがある。そのときには初め大島へ行くつもりで船に乗った。ところが観音崎から時化に遭って、船が浦賀の港に避難して欠航になったので、その町の徳田屋という宿に泊った。翌日、徒歩で三崎に行き、北原白秋の家はどこだろうと、ぶらぶら歩きまわってから宿に着いた。それが何という旅館であったか覚えない。ただ、覚えているのは、その宿は海に向って岩壁を控えていたことだけで、岸壁の下はちょっと水深ありげで漁船が着いていた。この宿が岬陽館であったかどうかわからない。馬場さんと来たときの岬陽館も、やはり岸壁を控えて建っていたが、大地震で隆起したという岩礁が水際の近くに見えていた。今ではその浅瀬も埋立てられて大きな冷凍会社が建ち、舗装道路が通じている。

北原白秋は二十九歳のとき、一家をあげて三崎の向ケ崎というところに移住したと言われている。厳父が事業に失敗して白秋のところに身を寄せたので、家運再興のためここで魚の仲買業を始めようとしたものだという。そのころ島村抱月から船唄の作詞を頼まれて、新民謡「城ケ島の雨」を作った。内海延吉氏の「三浦町史」には、白秋の新民謡は殆ど三崎時代の作に限られて、軽妙な掛言葉は三崎の口唱文学の影響があるようだと言ってある。

さて、老釣師春吉さんの風貌だが、九歳のときからの船頭だから船に乗ると大した貫禄が出る。顔の深い皺に、焼玉エンジンの音がぴったり浸みこんで行く感じである。多年潮風に当って来た関係で、目はどんよりしているが視力は強靭この上もない。山を立てるときも、私の目には霞んで見えない山を目標にした。私がハタを釣落したときに糸をあげ、場所を変ってからアジを海に入れた途端、

「餌がはずれそうだ。」

と目ざとく見咎めた。

見ると、あのアジの鼻の穴の片方に鉤の先が僅かに掛かっていた。前に釣落したときの衝動で、鉤が抜けかかったままになったのだ。

城ケ島の沖で釣れる主な魚は、タイ、ヒラメ、イサキ、ブリ、キンメダイ、イカ、ハタ、クロダイ、アジである。アジは、ちょっと行っても十貫目、十五貫目は釣れると春吉さんが言っていた。

（昭和三十四年）

庄内竿

先日（五月下旬）高島屋で魚拓展覧会が催され、その会場に特別出品による各地の定評ある釣竿が陳列されていた。みんな名竿だと言われている由緒ふかい竿だそうだ。好事家の話によると、釣竿は調子がよくて実用むきであると同時に美的であって、見る目に気品の高いものでなくては逸品と言われない。昔の人の刀と同じように、実用品であり鑑賞用具ともなっているわけだ。そういったような釣竿が陳列されていた。そのなかに嘗て私の見覚えのある数本の庄内竿があった。これは酒田市の本間美術館長、本間祐介さんの出品したものである。この前、私は酒田へ行ったとき祐介さんからそれを見せてもらった。庄内竿の特徴についてもいろいろ説明してもらった。祐介さんは子供のころから釣と釣竿が好きで、それが昂じて竿師の山内という人から庄内の標準竿のつくりかたを伝授されたそうである。

「私は山内さんの晩年、数年しか交際を願えなかったわけですが、あの人は庄内竿師の最後の名人と言ってもいいでしょう。」

　祐介さんは広間に釣竿を並べて見せながら言った。

「あの人は、藪で気に入った若竹を見つけても、五年たたぬと絶対に切らなかった。私が誰かに切られてしまうと心配しても平気でした。それと言うのが、一般の人はすっと先まで伸びている竹に目をつける。しかし実際にいい竹は、先から四分の一くらいのところに張りを持っているのです。山内さんに言わせると、竿は根元を残すことが難しい。根元から上の七寸八寸、うまく伸ばしているかどうかで竿の良否がわかるんだ。それから、穂先のつけかた一つで竿の生命が決定されると言うのです。あの人のところには、晩年、穂先のついてない竿が五本か六本かありました。それを作ってから二十五年も経たのにかかわらず、気に入った穂先が見つからないと言うのです。恐らく生きてるうちには見つからないだろうと言っておられました。」

　竿師気質というのであろうか。山内という人は、生前に一度、自分の非常に気に入った竿を一つ作ったが自分では使わずに、ほんの一度だけその竿に海を見させただけであった。これを「磯見せ」または「海見せ」と言っていた。その釣竿を鶴岡の旧家の小野寺という旦那が所望して、願望三十五年ぶりに漸く手に入れた。当時、たまたま酒田で釣竿の展覧会が開かれることになった。その会長の祐介さんは、小野寺さんにその竿を出品してもらう内諾を得て、三郎という十五歳になる小僧を使いにやった。ところが三郎は、そのとき宇野香山という旦那のところで借りた長い竿を一つ肩に担いでいた。やはり展覧会に陳列するためである。それを見た小野寺さんは、小僧にその竿の持主の名前をたずねてから、こう言った。

「ほかならぬ酒田の本間様のお頼みだによって、自分も竿を出品する承諾をした。しかし承諾はしたが、香山の竿と俺の竿を一緒に担いでもらうことはお断わりする。お前、いったん酒田へ香山の竿を持ち帰って、改めて出なおして来たらどんなもんだ。いや、せっかくだから、こうしたらいい。香山の竿は左手の肩に担ぎ持って、俺の竿は右の肩に担ぎ持って行け。酒田に帰るまで、どんなことがあっても、絶対に俺の竿を地べたに置くことはならんのだ。」

小僧はその厳命にしたがって、左右の肩に竿を担いで引きとって来た。二つとも長い竿である。鶴岡から一里半ほどの押切という辺まで帰って来ると、小僧は小便がしたくて我慢ならなくなった。それでも小野寺さんの厳命がある。竿を地べたに置くわけには行かないのだ。次第に頭がしびれ、目がくらんで来たが、幸いキャベツ畑が見つかった。

キャベツなら食用にする綺麗な野菜である。野菜をきざむ俎と同じくらい清潔だ。それで小僧は竿をキャベツの上に置いて用を足し、無事に竿を持って帰って来た。

展覧会が終って今度は竿を返す段になった。最近の大衆竿のような継竿でなく、長い一本竿だから汽車やバスに乗って持ち運びは出来ないのだ。自転車に乗って竿を担ぐには、よほど扱いつけているものでなくては縮尻る心配がある。やはり担いで返しに行くよりほかはなかったが、あれほど難儀をした小僧に、もういっぺん担いで行けと言うのは阿漕なような気がするので、祐介さんは一計を思いついた。小僧には汽車で鶴岡まで先廻りをさせ、祐介さん自らが自転車で鶴岡の町の入口まで竿を持って行って小僧に渡す。小僧は酒田からずっと担いで来たと先方へ見せかけて返して来る。そういう段取で無事に返すことが出来た。

このように釣竿を大事にする風儀の保存されている庄内である。ここの海では魚がよく釣れるそうだから、この風儀が残っているのだろうか。地図を見ると庄内の海岸線は、新潟県との境の鼠ケ関から、秋田県境の有耶無耶ケ関に到るまで、ずっと一本調子で大した変化がない。その代り海岸の随所に大小の岩礁が露出して、その海岸線の中心部が大量の水をそそぎ込む最上川の川口である。こんな条件が魚族を喜ばせることに役立っているのだろうか。ここの海は魚の宝庫だと庄内の釣師は言っている。

しかし私の経験ではそれが立証されたとは言われない。よほど前に、私は有耶無耶ケ関の手前の吹浦沖で船釣をして、テンビン釣で約三時間かけて白キスを七尾しか釣れなかった。そのときには一緒に出かけた小田嶽夫君も釣をして、小田君も私より二尾か三尾か余計に釣っただけであった。その前日には最上川口でハゼ釣をしたが、こんな筈ではないと首をかしげるほどぐらいしか釣れなかった。十月下旬のことで、野鴨が岸の近くに浮いていた。小田君が狙いをつけて石をぶつけると、鴨の嘴の先をかすめたが、鴨は人間を侮っているかのようにその辺をぐるぐる泳ぎまわっていた。

「釣れないもんだから、鴨まで人をばかにする。風景でも見ることにするか。」

と小田君が言った。

ここの風景は雄大である。奥羽第一の高山と言われる鳥海山が見える。庄内の観光案内のパンフレットによると、朝日を片面に浴びたこの山は海上に影を投げかける。これは影鳥海と言って他に類を見ない奇観である。山頂には森閑とした火口湖がある。そう説明してあるが、私はこの山には二合目まで登っただけだ。案内記にある以外のことはわからない。二合目のヒュッテのわきに細い谷川が流れていた。この川でヤマメが釣れるかとヒュッテの人に聞くと、釣れないものでもないが、ここへ釣りに来る人はないと言っていた。冬、この山にはスキー客が来るそうである。

最上川口のハゼ釣は、船でない場合は岸づたいに歩いて餌を川下に引きずって行きながら釣る。私はこの釣をするとき、酒田山椒小路の三郎さんから庄内の合せ竿というのを借りて使った。穂先が細くて長さは六尺、手元が六尺の二間竿である。これは旧藩時代に弓師が弓を作る技術で創製したもので、薄く削った四枚の竹を重ね合せて細く削ってある。可愛らしい海魚のメジナを釣る目的の竿である。この魚は風の強い日によく釣れる。白波の砕けるなかでよく釣れる。だから竿の先が揺れないように、風切りがいいようにするために、竹の皮と身と、皮と身を四枚、互い違いに合せて削ってある。合せるのが三枚ではいけないのだ。四枚、六枚と、偶数でなくてはいけないのだ。弓をつくる工程の一つの竹を合せるのと同じ方法で、ニベを使って固く合せるのだそうだ。

祐介さんの話では、この合せ竿の製法は暫く湮滅していたが、中山先生という人と二人で昔の合せ竿を研究して、一年かかって四本つくったそうだ。祐介さんが某旧家の持っていた五百本あまりの竿のうちから、確かに明治時代の釣師で竿師の勘兵衛という名人の作ったと思われる二本の合せ竿を見つけて譲り受けた。それを中山先生に見せると、拡大鏡を出して来て見ているうちに「わかった、わかった」と雀躍りして喜んだ。

「勘兵衛という人は、明治二十九年まで生きていた弓師なんです」と祐介さんが言った。「竿作りの名人で釣も名人です。ところが或る日、勘兵衛が倅を連れて釣に行った。どういうものか勘兵衛はさっぱり釣れないのに、倅の方はヒタヒタ釣りあげる。家に帰ってから倅が自慢して『お父さんが餌のエビを分けてくれれば、もっと倍も釣れたのに』と言うと、母親が『あなた、もっとエビを分けてやればよかったに』と言う。すると勘兵衛は、ひときわ声を張りあげて『勝負の道は、女ベラの知ったことではない』と女房を叱りつけたことでした。」

庄内では釣のことを「勝負」と言っている。藩公が武道または身心鍛練の道として、家臣たちに奨励していたためである。当時の武家たちは、鶴岡の城下から海辺まで夜明け前の淋しい山路を越えて行き、岩に縋りつくようにして荒磯へ降りていた。身体の鍛錬になる。その釣場には大きな波が岩に砕けている。「勝負」の目的が大きなタイなら四間の庄内竿、テンコ（メバル）なら二間半ぐらいの竿である。当時、どのくらい数を上げるのが記録的な漁だったろうか。

文久時代に鶴岡藩士の書いた「垂釣筌」という書物には、文化初年、大久保某という藩士が三瀬のオソの澗というところで、テンコを千幾尾か釣ったという記録があるそうだ。「庄内の釣の話」という記録によると、幕末のころ長右衛門という者は一と晩に一尺二三寸の黒ダイを六十尾くらい釣ったことになっている。この者は大工の家へ養子に貰われたが、大工仕事がきらいで釣が好きで、或る夜ひそかに家を抜け出して釣に行った。ところが大きな黒ダイを六十尾も釣ったので、魚籃だけでは間にあわず、股引を脱いで両方の筒穴にいっぱい詰めこんで、それを背負って家に帰った。養家の者は、家を明けたことのない長右衛門が夜ふけても帰って来ないので、あいつ、夜逃げをしたんだと疑って、その処置をつけるために深夜であるにもかかわらず、本家分家を集めて親族会議を開いていた。そこへ夜が明けると長右衛門が褌ひとつで帰って来て、奇術師のように股引のなかから黒ダイを何十尾も取出した。養家の者はびっくりするやら喜ぶやら、そこで始めて漁師になってもいいと許してやった。

この長右衛門という漁師は長命で、明治末期までチョン髷を結って生きていた。タイ釣が上手な漁師だから、特に選ばれて旧藩主酒井家の御曹子の釣の指南番にさせられた。その御曹子は今日では老齢だが矍鑠として、このごろは主に船でセイゴ釣やテンコ釣など小さなものを手がけている。無論、庄内竿の逸品もいろいろ集めている。記録「庄内の釣の話」によると、この釣好きの老紳士は、年少のころの釣の指南番長右衛門について、次のような追憶を述べている。

「その当時、海の漁師は竿で釣るのをあまりやらなかったもんですが、こいつは（長右衛門は）特にタイ釣が上手でして、始終、竿で釣っておりました。その釣った経験や、魚釣るときの上げかたやなんか、これは随分、私も聞かされました。今は車竿というものが出来てきましたが、あの当時はそんなものはなく、釣りかたによって切らなくともいいやつを切らしてしまうんですが、そのこつをよく聞かされました。何でもタイは三回引く。その三度目が最後の強い引込みで、それさえ留めればもう大丈夫だと。それで、たいてい切られるかして、勝負が決るのだということをよく聞かされました。それで、その三回目のとき、グウッと引っこんで行ったとき、わずかにこれを緩めて、緩めまして、そして横に引く。すると、向うに口を向けて行ったやつが、ちょっと緩まされるもんだから軽くなって、今度こそ引っぱられると、こっちに戻って来る。こつは、それだと。ところが実際になると、なかなか出来ないもんだとよく聞かされたもんです。引込むのは、たいてい三回です。一回目は先ず左程でもなく、二回目はより強くなり、三回目最後で、それで切れるか切れないか勝負の分れ目のようなもんです。こいつ（二尺六寸余の赤ダイの魚拓を示し）三回目で危かったのです。水に半分も竿が入ってからで、わずか緩めるようにして、思いきりこっちに引っぱったら返りました。竿も四間の竿で、このくらい（一握り大）の太い大きい竿で釣ったもんだから、伸ばされないで釣れたわけです。――大物ならば一晩一尾も釣らなくても楽しいもんです。その気分が。」

同じ記録によると、明治中期における庄内の磯釣の仕掛の一端を知ることが出来る。夜釣で長右衛門という漁師が、主筋の若様に指南するときの一状景も知ることが出来る。

「そのときの綸《いと》は、さあ今はあの……ナイロンになったわけですが、あの当時はシナから来たものですが、鉤元は天蚕糸《てぐす》で極く太い棒すじといった五六本よりあわせたものを下につけて、上は蚕糸《しが》の、あれは何本あわせましたか。三百本くらいでしょうか。ちょうどよいくらいに自分で家でこしらえまして、それを浜茄子《はまなし》で染めて使いました。それだと大丈夫なようでした。何年ころでしたか、波渡《はど》の二つ岩で釣ったときのことですが、そのときも岩に竿を巻きつけられまして、胸がこう、どきどき鳴りまして、足がこの辺、岩で傷ついてしまって、綸は切られてしまいました。それで恐しくなって、何だか恐怖心を起してしまって、そしたら、脇にいたその漁師（長右衛門）

が、『まだ大丈夫だから、また必ず来るから、別の道具に取替えてやりなおせ』と言うので、それからまたやりなおして、一時間ほど経ったらまた同じように来たのです。また合せてみたところ、また引っぱられるか引っぱられるかと思っていたところ、側にいた漁師が、『これは前のとは余程ちがう。そんなものでない』と励ましてくれました。釣りあげてみたら、赤ダイでなくて、高羽と言いますが、縞のあるあれ（縞ダイ）の二尺ほどのものでした。それ一つ上げて、そのときは先ずそれで勝負を合せました。」

庄内竿については次のように筆記されている。

「それは昔から標準竿とか言って、丹羽庄左衛門の作った竿です。これは四間のものです。大事にして使わなかったのですが、いっぺんも竿に海を見せないではいられまいと思いまして、或るときこれで釣ってみました。こいつがまた標準竿というだけあって、まことにいい竿で、たった一回、海見せただけで後は保存しておきました。――八十年以上にもなりましょう。明治初年ころの竿ですから。今、家にある竿、たいていは明治十五年ころの竿ですが、それも今使ってみると殆ど何ともないもんです、良い竿になると。」

昔からの鶴岡藩の伝統である。元藩主の御曹子も十歳くらいから小もの釣をやり、十八九歳くらいから大ものをやりだしたそうだ。殿様家だから庄内竿も吟味したと言われるものが集まっている。私は祐介さんからスライドでそれを見せてもらった。

庄内ではこの庄内竿のことを鶴岡竿と言っている。一本の竹で一本の竿を作るのが原則だが、今日では釣場へ乗物で出かける都合から一本を三本くらいに切って螺旋継ぎにする。または、穂先にする竹だけ別のものを継ぎ足している。但、元竹も先竹も苦竹である。私が祐介さんに見せてもらった竿も、みんな苦竹の細いものであった。直線美をなしてすっと伸び、品格があって、広間の畳の上に並べると室内の空気が引きしまるようであった。

嘉永二年作と彫ってある竿も、文久年間の運平作も、丹羽庄左衛門作もみんな苦竹で作られている。この丹羽というのが標準竿の創始者である。丹羽から上林、上林から山内善作に衣鉢が継がれ、祐介さんは晩年の山内から標準竿の作りかたを教わった。

山内という人は、竹の優秀なやつを見つける眼力にも天才的なところがあった。竹は九月下旬から十月上旬までが切りどきである。山内は藪の近くの家に一ヶ月も泊りこみ、何千本、何万本のうちから、これだと認めた竹を切る。概ね南がひらけて陽当りのいい、固い土地の藪がいいのだが、同じ条件にある藪でも系統の違っているのがある。いい竿の出る藪はたいていきまっている。その藪から切取る竿も、藪へ入って選ぶ人によって上下があるのは言うまでもない。山内の先輩に当る上林も、竹の吟味の仕方が上手であった。

「鶴岡の竿屋の親爺さんが、名人の上林のお供をして、二人で一ヶ月かかって竿竹を切ったということです。上林は二十六本、鶴岡の竿屋の親爺は三千本切った。その三千本を親爺が或る人に見せた。見るだけでも三日かかったということです。ところが、いい竿は一本もない。お義理で、そのうちの三本を讃めてやると、進呈すると言うので持って来て棄てたという話です。」

その翌年、名人の山内が鶴岡の竿屋の親爺に入れ知恵をした。

「今度は、上林がいっぺん見た竹を切ってしまえ。ちょっとでも上林が手を触れた竹を切ってしまえ。」

そこで鶴岡の竿屋がそれを実行して、またもや三千本切ったところが前の年とはまるで違っていた。

「上林がいっぺん握っただけで竹の相が違って来る。伯楽が馬のまわりをいっぺん廻るだけで、いきなりその馬が高値を呼ぶようになるのと同じことだ。」

鶴岡の竿屋がそう言ったということである。庄内竿の本場、鶴岡の竿屋ともあろう者が何としたことか。庄内じゅうの釣師の話題になったろう。最近まで鶴岡では、釣は武道のうちに入っているとするのが常識で、子供が釣に出かけても剣道の稽古に行ったくらいに親は思っていた。子供を決して叱らない。ところが酒田ではそうでない。酒田で釣に出かける子は、釣好きの父親がいるか、または鶴岡から嫁入って来た母親がいるか、そのどちらかである。気風というものは争われない。

鶴岡気質。こういう成語があるかどうか知らないが、町をあげて竿と釣への偏好性は伝統的な鶴岡気質と言っていいだろう。文久年間のこと、鶴岡藩士で江戸詰の或る武家が、苦竹でなくて釣竿に向く竹を酒田へ送って来た。その竹で庄内の標準竿の作製を竿師の名人に頼むためであった。江戸から西廻りの馬関を廻る船でわざわざ送って来て、その送状に、江戸の仙台河岸で釣ったという黒ダイの魚拓を添えていた。文面には、江戸で黒ダイが釣れるとわかったからは、もはや庄内に帰らなくてもいいと書いてあったという。それでも庄内竿への郷愁は忘れかねているようだ。当時、江戸にもちゃんとした竿師がいた筈である。その武家が送ったという竹はどんな竹であったろう。私はそれを聞きもらした。

苦竹は他の竹よりも筒壁が厚く、細いものでも強靱で弾力を持っている。太めのものは竹槍にもなり得るのだ。庄内竿はそれの細めのやつの稈面を損じないようにして、生えているままに根元のところを残し、竹の持ち味を生かして作られている。四間の竿が東京竿の三間竿ほどの太さである。これを較べて手応えという点ではどうだろう。小もの釣の場合は遥かに微妙である筈だ。大もの釣の場合は遥かに強い手応えで、豪快味が感じられる筈である。材料としては、小もの釣の竿なら二年もの、それの上等の竿ならば三年以上のもの、三間以上の竿なら四年五年を経た竹に、三年竹の穂先をつけてある。

庄内の標準竿を作る工程について、「てぶくろ」という雑誌に祐介さんの語った談話筆記が載っている。

「九月末から十一月までに竹を切りに行きます。――それのフシを取去って、青みの取れるまで室内で干し、それから天日に干して最初の一とのしをする。これが初等教育みたいなもので――悪い癖が出るか出ないかの分れ目です。それを煤棚にあげて煙をかけながら、第二回目ののしをやる。このときは、よくよく癖の悪いものでない限り比較的かるく手をかける。竹質をしまらせるくらいでいい。翌年の春、煤を落し、今一度のしして外気にさらしながら、年に一度ずつのしして四年目に漸く使えるようになる。よい竹を見つけると、どうしても早く使ってみたくなる。そういう場合、速成科といって、毎日、陽にあてては煤をかけ、四年分を半年で仕上げる場合もある。しかし、竿の本調子が出るのは五年から二十年まで。その期間が言わば竿の成年期で、後は手入れ次第です。」

色づけは、年月をかけて竈の煙でくすべるのだから、庄内竿は焦茶色になっている。竹の肌と竈の煙。この二つが程よく合致融合することは、殆ど民族的に我々の認識しているところである。この焦茶色の細くさらりと伸びた釣竿は、岩礁に砕ける白い波にも映りがいい筈である。谷川の青い淵にも映りが悪くないと思う。

（昭和三十四年）

4

点滴

誰かの詩にこんなのがあった。

川の音も　水の音
波の音も　水の音
雨の音も　水の音
すべてこれ水の音……

その続きは忘れたが、水の音に無関心ではいられないという意味の詩であった。
私も水音のきこえる場所にいるときには、その水音に無関心ではいられないが、ふだん水音などに関心を持ったことはない。水音をききに谷川へ出かけようと思ったことなど一度もない。雫の音をきくために清水に行ったこともない。しかし誰かの詩に、またこんなのがあった。

われ、とくとくの響をきかんとして

ここに一宇の御堂をたてぬ

したたりの音をきくために、わざわざそこの清水のそばに寺を建てた人があるというのだろう。あるいはまた、その目的で建てられた古寺が、いまそこにあるのではないかという意味だろう。詩人の空想でなくて実際のことかもわからない。岩清水の雫が崖の根の水たまりに落ちている。その崖を背景に寺を建てる。雫の音は必ず寺の壁や廂に反響音を起して、冴えて来るにちがいない。贅沢である。

したたりの音は、普通「ちょッぽん、ちょッぽん……」というようにきこえる。あまりに間繁く「ちゃぽ、ちゃぽ、ちゃぽ……」としたたると、音に変化が起きて耳について来る。したたりが水たまりの水面を打ち、そこのところだけ小さく水がはね上る。その瞬間、そこへ次のしたたりが落ちる。したがって水面がいろいろに攪拌され、音に変化が生じて来る。「ちゃぽ、ちゃぽ、ちゃぽ……」の水音が、しばしば「ちゃぽ、ちゃぽ、ちょろ、ちょろろ、ちょろろ……」というような音に変るのはそのためである。これが間遠く「ちょッぽん、ちょッぽん……」の場合なら、水たまりの水面が殆ど平らになってから次のしたたりが落ちるので音に変化が起らない。しかし雫の音に変化のないのがいいかどうかは各人の好みである。

あのしたたりの音は、大体において一分間に幾滴の割合で聞えるのを理想とするのだろう。私の友人で甲府に疎開していた或る友人は、一分間に四十滴ぐらいの雫が垂れるのを理想としていたようであった。私は一分間に十五滴ぐらい垂れるのを理想と見做していた。いまでも私はそうである。このことについて私はその友人と話しあったことはなかったが、再三にわたって私と彼は無言のうちに対立を見せていた。

甲府に疎開していたその友人は、甲府の町が戦災にあうまで一年あまり甲府の町はずれにいた。そのころ私も甲府市外に疎開していた関係から、よく甲府の町に出かけて梅ケ枝という宿屋へ夕飯を食べに行った。帳場で弁当をたべるついでに葡萄酒を飲むわけだが、私の友人も葡萄酒を飲みによくそこに来た。

この宿屋は小じんまりとしたつくりで、帳場のすぐそばに洗面所があった。そこの水道栓が少しゆるんでいて、指が痛くなるほど締めないと水がとまらない。ちょっとぐらい締めたのでは、栓から漏れる水が洗面器に「ちょッぽん、ちょッぽん、ちょッぽん……」と落ちた。その音がまた意外によく響いた。壁か、それとも硝子戸か何かに反響するせいだろう。「ちょッぽん、ちょッぽん」という音に「びゅん……」というような響の尾をひいた。帳場に坐っていてもその音はよくきこえた。

この音に私は無関心ではいられなかった。この音をきくまいとすれば雑音であるが、耳をすましてきくと岩清水の垂れ落ちる爽やかな音である。いずれにしても無関心ではいられない。私の友人もこの音を好きになったようであった。しかし彼は口に出してはそれを言わなかった。言うことを照れていたのである。彼の書く小説の表現を真似て言えば、そんな茶人めいたことを、したりげに言って見せるのは、ちゃちな、恥かしい、くだらん趣味に属するのである。

彼は気が弱かった。他人から非難されることを極度におそれるが、いったん非難されると自分で制御できなくなるほど棄鉢な口をきく。人の言動に対して、自分勝手にさまざまに味をつけて舌にのせるようなことを考え出すのである。或るとき私が「君は、独活が好きだろう。独活そのものには、格別の味はないが、主観で味をつけて食べるから」と言うと「さては日ごろから、僕のことをそう思ってたんだな」と彼は笑いにまぎらした。

私も水道栓から漏れる水音のことは口に出さなかった。彼がその水音を好いている筈なのに一言も言わないので、私は先まわりしたつもりで自分でも言わなかった。その代りに私は、彼が手洗いに立つたびに水道栓をいつも同じぐらいの締めかたにして、したり顔で座に引返していることに気がついた。しかも洗面器に一ぱい水をためておき、水道栓から垂れる雫が、よく響くような仕掛にしていることにも気がついた。「ちゃぽ、ちゃぽ、ちゃぽ……」という音は岩清水の音と変らない。私はその水音がすこし間繁くきこえるのが気になって、無関心ではいられなくなって来る。しかし相手にさとられては拙いので、しばらくたってから私は手洗いに立って行って音の緩急を訂正した。「ちゃぽ、ちゃぽ……」を「ちょッぽん、ちょッぽん、ちょッぽん……」とゆっくり垂れるようにした。こうすると音も倍ぐらい大きくきこえ、「びゅん……」という共鳴音を響かせる。この余韻を出させるには、水道栓を締めるのにラジオのつまみを調節するような苦心を要するのであった。

それから幾日かたって、その宿の帳場でまた彼に会った。今度は私の方が先に手洗いに立って「ちょッぽん、ちょッぽん……」の音を出すようにした。もはや友人も、私が水音に無関心でないことに気がついていたようであった。対立を意識しているようであった。何だかそんな風に思われた。もし二階の泊り客が手洗いに降りて来て、水道栓をだらしなく締めて行くと、友人はぷっと噴き出すかもしれなかった。私はそれが気掛りであった。しかし彼は、わざわざ立って行って音の緩急を変えるようなことはしなかった。ただ手洗いに立って行ったついでに、彼の好み通り「ちゃぽ、ちゃぽ、ちゃぽ……」の悪い音にした。何という依怙地な男だろうと私はすぐ立って行って、もはやこれがしたたたりの基本の音だと心にきめた「ちょッぽん、ちょッぽん……」の音に改めた。

その後、また同じようなことを二人はくりかえした。この対立は結末がつかないで有耶無耶に終った。七月上旬に甲府の町が焼け、私たちの行きつけの宿も焼けた。友人の疎開していた家も焼けてしまった。この戦災を蒙った翌日、私は甲府の町に出て偶然に彼に遭った。私たちは立ち話をして、彼が県庁の罹災民相談所に行って来るのを私は焼趾の街角で待った。すぐに彼は引返して来て、罹災民相談所には役人も小使も一人も人の姿が見えなかったと言った。私たちは行きつけの宿の焼趾に行って見た。

敗戦後、彼は東京に転入したが、結果から言うと無慙な最期をとげるため東京に出て来たようなものであった。彼は女といっしょに上水に身を投げた。

その死場所を見ると、彼の下駄で土を深くえぐりとった跡が二條のこっていて、いよいよのとき彼が死ぬまいと抵抗したのを偲ぶことが出来た。その下駄の跡は連日の雨でも一ヶ月後まで消えないで残っていた。

彼の死後、私は魚釣にますます興味を持つようになった。ヤマメの密漁にさえ行きかねないほどである。甲州の谷川が私の釣場所になった。甲府の行きつけにしていた宿は、以前と似たような設計で新築され、帳場も以前とそっくりの飾りつけである。べつに離れも増築されているが、この離れの洗面所の水道栓がまたふらふらである。しかもこの水道栓から漏れる水音は、調節の技術次第では「びゅん、びゅん……」という弾みのある音にさせることができる。「ちょッぽん、ちょッぽん……」というような生ぬるい音ではない。しかも離れだから他に泊り客はない。ひと晩じゅう「びゅん、びゅん……」という音を出し放しにしても誰も消しに来るものはないのである。

（昭和二十四年）

追記――前に引用した「とくとくの響き」の詩は、岩清水ではなく軒から落ちるしたたりの音をうたったものである。気持は同じことだから引用した。

南豆荘の将棋盤

去る二月上旬、天城連峰周辺の街道を巡って来た。道づれは印南君である。三泊か四泊の旅。三日目の泊りは、谷津の南豆荘で、女中に将棋盤と駒を貸してくれと頼むと、おかみさんが新しい駒と古めかしい盤を持って来て、「この盤に見覚えがございますか」と言った。

この将棋盤は木目の乱れた厚い欅の材で出来ていた。将棋連盟で規格されている寸法より少し薄く、しかも脚が取れていた。「見覚えがありません」と言うと、「御存じないんですか。例の大洪水のとき、ここへ流れて来た将棋盤です」と言った。

例の大洪水のときというのは、昭和十五年七月十二日の夜のことで、その晩、私はこの旅館に泊っていた。大変な騒ぎであったのを覚えている。私は階下の部屋に眠っていたが、夜なかの二時ごろ「水だ水だ」と叫ぶ声で起き上ると、そのときにはもう畳が水に浮いていて、自分は浮いている畳の上の蒲団に寝ていたことに気がついた。「この蒲団は畳ごと浮巣だな」と思った。急いで蚊帳の外に出た。リュックサックを背にすると、畳を踏み沈めたので、浮いている方の畳のふちで向脛を打った。

私は二階に駈けあがり、そのとき同宿していた亀井勝一郎の寝ている部屋に駈けこんだ。すると離れに泊っていた同宿者の太宰治夫妻が駈けこんで来た。太宰は畳の上にきちんとかしこまって、「人間は死ぬときが大事だ。パンツをはいておいで」と細君に言った。しかし水が刻々に増えているのだからそれは無理である。細君は無言のままうつむいていた。

亀井君は割合に落着いているように見えた。むしろ非常に落着いているように見えた。一言も口をきかないで、のろのろと蚊帳をはずして蒲団をたたみ、それを積み重ねた上に腰をおろすと、夜空の一角に目を向けていた。その方角の空では、しきりに稲妻が光っているのに雷鳴が一向にきこえなかった。どうも不思議だと私は思った。幾ら稲びかりがしても音はきこえない。

そこへ宿のおかみさんが尻端折りで駈けこんで来て、

「お客様がたに何とも申訳ございません。皆様、このまま遭難されるということになりますと、私どもとしましては何とも心苦しうございます。申訳ございません」と畳に手をついて頻りに頭をさげた。そのたびごとに、ふところから貯金帳がこぼれるので、「お母さん、みっともないわ。もすこし落着いて頂戴よ」と宿の娘さんがたしなめた。

おかみさんは階下へ電話をかけに降りて行ったが、すぐに引返して来て、「台所の電話も、もう水につかってしまいました」と言った。さっき郵便局へ助船を求める電話をかけたときには、まだ一尺ほど電話器が水から離れていたそうだ。郵便局の人の話では、三宅島が大爆発したので東京方面でも大騒ぎをしているらしいということであった。

外は暗闇であったが、ときどき稲妻が光るので、いろんなものが川上から流れて来るのがわかった。流木のほかに、鳥居のようなもの、格子窓、雨戸などが矢のように流れて来て、どしんと庭木に突きあたる。もし庭木がなかったら、まともに家に突きあたる。この際、庭木が頼みの綱のようなものである。なかでも貧弱な三本のポプラの木が一番たのもしかった。たいていの流木はこのポプラの木に突きあたって、きりきり舞いをしてから脇に流れて行く。三本、不自然に並んでいる、ひょろひょろのポプラである。私は初めてこの宿に来たとき、このポプラの木があるのでこの庭も台なしだと思ったが、そんな不逞なことを思ったのは相すまなかったような気持がした。

軒の物干竿をとって、廂の上から水の深さを計ってみた。七尺くらいの深さがあった。

川上から押寄せて来る水は、少し高みになっている庭の隅で大げさに渦を巻いていた。そこにあるこんもりした紫陽花の木が水にもまれ、たくさんの毛毬のような花が縦横無尽に揺れ動いていた。それが稲びかりの明るみで見えた。何か凄惨な感じで、また幾らか艶なるものであった。

助船の来ないままに夜が明けた。水が引いたあとは、離れの濡縁に泥土がたまり、コンクリートで造った台のように見えた。階下の私のいた部屋には、床の間に鉄の香炉が一つ残っているだけであった。廊下に出しておいた釣竿も魚籃もみんな流されてしまった。

後になって、亀井君の話では、あのときにはおそろしさのあまり蒲団に腰をかけて、口のなかで観音経を口誦んでいたそうであった。太宰君の説によると、亀井は腰を抜かしていたのだということであった。しかし腰を抜かした者は、蚊帳をたたむことも蒲団をたたむことも出来ないだろう。

流失したと思っていた私の釣竿は、土地の人が宿へ持って来て、「この竿は、お宅のお客さんの竿でしょう。川下の橋桁に引っかかっていました」と、おかみさんに言ったそうだ。赤い漆の色で見分けがついたのだそうである。釣竿は濁流につかっていたので撚りが戻って、つなぎ合せてみると曲りくねっていた。とても使いものにならないので宿に置いて来た。

昭和十五年七月十二日の三宅島噴火の顚末は、後日、この島の浅沼悦太郎氏から詳細を聞かされた。やはり稲妻が光っても雷鳴はきこえなかったという。

将棋盤が流れて来たことは忘れていた。内庭に流れていたということだから、床下から流れこんだものだろう。私は印南君とこの盤で指して三対一で勝った。

（昭和三十二年）

琴の記

　私のうちには、琴、三味線を弾くものは一人もない。しかるに、昭和十二年の初夏から去年の十二月下旬まで、朱色の袋に入れた山田流の琴が一面あった。その附属品として、琴爪を入れた桐の小箱もあった。

　この琴は、太宰治君の先の細君が（初代さんという名前だが）太宰君から離別された直後、いろんな家財道具と共に私のうちに預けておいたものである。当時、初代さんは青森県の浅虫の生家へ引きとってもらう話をつける間、私のうちへ一ヶ月あまり泊って待機していた。離別された事情が事情だから、初代さんは生家へ引きとってもらえないかもしれぬという不安があって、はたの見る目もあわれなほど途方に暮れていた。茶の間の濡縁に私の家内と並んで腰をかけ、涙をぽたぽたこぼしているのを私は見たことがある。

　太宰君は初代さんに離別を言い渡したとき、家財道具いっさい初代さんに遣ってしまった。理由は、初代の不快な記憶のつきまとうがらくたは見るのもいやだからというのであった。そこで太宰君自身はどうかというに、自分の夜具と机と電気スタンドと洗面道具だけ持って、私のうちの近くの下宿に移って来た。着のみ着のままであった。

太宰君は衣裳道楽の男だが、着物は洗いざらい質に入れていた。初代さんの衣裳も殆どみんな質に入れていた。だから初代さんは離別された後、自分の着物を流さないようにするために、家財道具の一部を古物屋に売って質屋の利息を工面した。

太宰君は初代さんが私のうちにいる間にも、たびたび私のうちへ将棋を指しに来た。そのつど初代さんは茶の間か台所にかくれたが、書斎と居間を兼ねた私の部屋は台所と壁一重で隣である。私のうちは建坪が少くて、茶の間から便所へ行くには私の居間につづく廊下を通らなければならないので、初代さんは便所へ行きたくても我慢しなければならないことになる。だから私は将棋は一番だけにして太宰を誘って外出する。外出してから一緒に飲むようなことがあると、太宰の上機嫌になっているところを見はからって、どうだ君、初代さんとよりを戻す気はないかと言う。すると太宰は、居直ったかのように、きっとして、その話だけは絶対にお断りしたいと、きっぱりした口をきく。そんなことが二度か三度かあったと思う。そのくせ彼は、別れた女房が万一にも短気を起しはせぬかと、はらはらしているようなところがあった。

そのうちに初代さんは生家へ引きとられて行くことになると、夜具蒲団や質請けした衣裳などをまとめて通運に頼み、私のうちを出発するときには火鉢と米櫃を私の家内に生き形見として置いた。それから、朱色の袋に入っている琴を、これは私のうちの当時六つか七つになる女の子に、いずれ琴を習う日が来るだろうから預けておくと言って残して行った。

私のうちでは火鉢と米櫃は時に応じて使ったが、琴は物置部屋に入れたきりにしておいた。米櫃は二斗入りで特製品と見え、何という塗料か透漆《すきうるし》を塗ったような感じに外観が仕上げられていた。贅沢だが、見た目には気持がいい。私はその米櫃が気に入ったので、やがて戦争になって甲府へ疎開するときにもこれは疎開荷物の一つとした。火鉢や琴は物置部屋に残しておいた。

初代さんは私たちの疎開する半年ほど前に、不意に私のうちへやって来て、大陸の青島《チンタオ》からの帰りだと言った。私たち夫妻はびっくりした。そのとき初代さんは一週間ばかり私のうちへ泊って浅虫の生家へ帰ったが、一ヶ月ばかりたつとまたやって来て、これからまた青島へ行くところだと言った。私と家内が共々に、そんな無謀は止しなさいと引きとめると、止そうかどうしようかと迷いながら私のうちに一週間あまり泊って考えこんでいた。私たちが何と言っても塞ぎこんでいるばかりで張合がなかった。とうとう初代さんは青島へ出かけて行った。よくよくの事情があったのだろう。私たちが甲府に疎開してしばらくすると、青島で初代さんが亡くなったと浅虫のお母さんから知らせて来た。

私たち一家は甲府が空襲で焼けた翌々日、日下部の駅から乗車して広島県の私の生家に再疎開した。私たちは、ここに二年半ほどいて東京に帰って来た。物置部屋に立てかけておいた琴はちっとも鼠の害をうけていなかった。朱色の袋も安全で、糸一本も食いきられていなかった。

その翌々年であったか、私は十和田湖へ行ったついでに浅虫に寄って初代さんの生家を訪れた。故人の法事をするから、青森に来たら寄ってくれという通知を受けたからである。私は初代さんの法事だとばかり思って二階の座敷にあがったが、お供物を並べた仏壇に飾ってある大型の写真は、意外にも太宰治の肖像であった。

「なるほど、そうだったのか。」

私は焼香する前にそう思った。

「しかし、なぜそれならば、初代さんの法事も一緒にしないんだろう。」

焼香した後で、傍を見ると、初代さんの写真が目についた。しかも、それが座敷の隅の箪笥の上に、いかにも遠慮がちに片隅へ寄せて写真たてに入れてある。太宰の法事を、写真の初代さんに、人しれずお相伴させてやろうというお母さんの心づかいであったろう。人なつこくて、しかし遠慮がちなところが、お母さんも初代さんにそっくりではないか。

私は元の座に戻ると、感傷を抜きにする意味でお母さんに言った。

「太宰は生前、人なつこいという言葉を、人なッこいと言ってましてね、学生時代からずっとそうでしたね。」

「わたくし、よく覚えませんですが、そうでしたかしら。」

「いや、戦後はどうか知りませんが、甲府へ疎開していたころまでは、ずっとそう言ってました。人なッこい、ハチヨは人なッこい。そう言ってましたね。」

それにしても、私たちが琴を返すまで初代さんが生きていてくれたらよかったのだ。私は未だに琴を預かったままにしていることを話した。すると、お母さんは掠れ声で言った。

「うちには、もう琴を弾くものは一人もおりません。お宅で弾いて下さい。初代の形見と思って。」

琴を貰うのは結構だが、私のうちにも琴を弾くものはいないので、貰ってしまったつもりになると場所ふさぎである。自然、誰ぞに貰ってもらいたくなって来る。その後、また青森へ行ったとき、太宰の亡くなった姉さんの御主人に聞くと（この人は保さんという名前だが）保さんがこう言った。

「あれは、私の家内が太宰のうちから嫁に来るとき、嫁入道具として持って来た琴でした。そのときには新しかったんですが、それを初代が太宰と結婚するとき、私のうちから贈ってやりました。もう古色を帯びているでしょう。」

保さんは年が私より四つ五つ上だから、約四十年あまり前に結婚している筈だ。そのころ新調の琴だとすると、太宰の生家が盛大を極めていた当時の注文品と見てよろしい。よく鳴る琴に違いない。私は誰かにその琴を貰ってもらうにしても、滅多な人に渡してはならぬと思った。

その後、琴のことは忘れるともなく忘れていた。すると、去年の十二月二十八日の夜、太宰君の短篇「盲人獨笑」の材料のことやその他の用件で、古川太郎さんが私のうちへ見えた。「盲人獨笑」は江戸末期の琴の名人、葛原勾当の日誌によって書かれているが、この勾当さんは私の郷里の隣村の人で、童謡作家葛原しげるさんの祖父である。古川さんは葛原しげるさんと知りあいで、また太宰君とも深交があったので、その関係で私も古川さんを知っている。この人は生田流の琴の先生である。作曲もするし、レコード会社の専属にもなっている。私は琴の勾当さんのことを話しているうちに、初代さんの琴のことを思い出した。

さっそくその琴を出して来て、どうしてこんなものが家にあるか由来を話し、鳴る音の鑑定を古川さんに頼んだ。もし古川さんが音を認めたら、古川さんに貰ってもらおうと思った。私には音楽はちっともわからないが、当今の箏曲家のうち、古川さんのところにこの琴が行けばぴったりだと思った。琴も人も共に太宰君と深い縁を持っている。

古川さんは先ず琴爪を見て、「この爪は生田流ですが、琴は山田流です」と言った。これは幸先よくないのではなかろうかと思った。次は、琴柱《ことじ》に絃を乗せながら、

「この糸を乗せる部分、岩越《いわこす》が象牙で、こんな風に足が紫檀になっているのは、全部象牙のものより値段が高いんです。こうして、この捩子《ねじ》をゆるめて弾くと、こんな音がします。」

ちょっと古川さんは岩越の振子をゆるめて、それに乗っている絃を指で二つ三つ弾いてみせた。何だか瞽女声《ごぜごえ》を偲ばすような音がした。私は琴柱が讃められたのか貶されたのか判断に迷ったが、まさか値段が高くて品物が悪いということはないだろうと思った。

琴柱を立て終ると、古川さんは調子を合わせながら言った。

「絃が古びていますね。四十年、四十五年ぐらい前の絃でしょう。ちょうどこのくらい古くなっていると、音に味わいが出て来ます。部屋も、このくらいの広さがよろしいです。いい音です。」

そう来なくては、と私は思った。

古川さんは床の間を背にして琴に向っていた。その床の間に掛軸が懸っていないことに私は気がついて、部屋の隅に坐っていた家内に何か在りあわせのものをそこに掛けるように言った。家内は新しい表装の一幅を持って来て掛けた。一昨年、三好達治に二行詩を書いてもらった半折である。

太郎をねむらせ太郎の屋根に雪ふりつむ
次郎をねむらせ次郎の屋根に雪ふりつむ

三好達治

古川さんは床の間の方をちょっと見たが、琴の方に向きなおると、「太郎をねむらせ……」と、いきなり大きな声で歌い出した。同時に琴の伴奏をつづけて行った。前奏曲はなくて、突如、歌声と同時に琴の音である。よく響く声で感慨を催させられる。

「……太郎の屋根に、雪ふりつむ。」

ここで歌声がしばらく途絶え、切迫した感じの琴の音が、しんしんと雪の降りつもる気配を出す。

つづいて「次郎の屋根に、雪ふりつむ」で、またしんしんと雪が降りつもる。感じとしては、雪は五寸ぐらいも降りつもったろうか。

たぶん古川さんは、もうとっくの昔にこの詩の作曲をして、何度も演奏したことがあるのだろう。しかし家内が三好君の半折を掛けたのは偶然であった。

私は古川さんに一ぷくしてもらうために、家内にお茶を入れさせた。そこへ講談社の川島君が来たので古川さんに紹介した。

古川さんはお茶を飲み終ると、また琴のそばに行って、今度は私の訳詩「このさかずきをうけてくれ、どうぞなみなみつがしておくれ……」というのを弾いた。すると川島君が、何かもう一曲お願いしたいというような口吻を見せたので、

「いや、それはいけない。君、そういうお願いは、遠慮しなくちゃ失礼だと思うね。そういうお願いは、今ここで君に、たとえば校正するところを見せてくれ、というようなものじゃないかね。」

私が下心をもってそう言うと、

「ほんと、そうですね。そうです、そうです。」

と川島君も、たしかに作意を含めて頷いた。

すると古川さんは、ちょっと絃の調子を合わせ、今度は古曲の「千鳥の曲」を弾きはじめた。私のうちのものや、家内を訪ねて来ていた客人は、そっと隣の部屋に来て盗み聞きをしているようであった。その曲が終ると、私は古川さんに琴を貰ってもらうように頼んだ。家内も私に同調して頼んだ。古川さんはその話をそらして、

「私がこの琴の調子を合わせておきますから、風の吹く日に、窓のそばへ立てかけておかれるとよろしいです。松籟なんかとまた違って、微かに、いい音が湧きますから。」

そう言ったが、繰返しの押問答を避けて潔く持って行ってくれることになった。琴は

自動車のなかにちょうどうまく入った。

後で寝床に入る前に大百科事典を引いてみると、琴爪なしに指で弾奏することは搊箏《すうそう》というのだとわかった。

「さっきの雪のつもるところは、実際に雪がつもっているようだったね。朝、雪の降っているとき目をさますと、雪のにおいがするね。あの感じだ。」

私がそう言うと、

「三好さんは、あの作曲が出来ているのを知ってらっしゃるのでしょうか。」

と家内が言った。

後記——初代さんの残して行った火鉢は、後になって田代継男君に提供した。米櫃は、私が疎開していた甲府の家の人に提供した。

（昭和三十五年）

井伏鱒二の途

河上徹太郎

筑摩書房の井伏鱒二全集十二巻がこのほど完結した。

井伏の全集は終戦直後に同じ筑摩で企画され、昭和二十三・四年に九巻の選集で出ているが、その頃は紙も悪いし、編集は信用出来るけれど、何となく雑な、薄手の出版だった。なお全巻解説を太宰治が担当していたのに、四巻までで彼が急死したので残りを上林暁氏が引受けているのも印象的である。

その後物資が出廻るようになると、戦前の既成作家のものの全集選集の類いが殆ど洩れなく立派な造本で出だしたが、井伏のは今日の日まで取残されていた。それにつけても彼のことだから、きっとせっつかれているに違いないのに、色々思いめぐらして渋っているのだろうと、私は想像していた。「オレのような三流作家の全集を出すことはないよ。」とでも彼はいいそうだが、この遁辞には色々な感慨が含まれているのである。ただの謙遜では勿論ないが、自信がないのではない。一種の潔癖だが、孤高を求めているのでもない。彼の制作欲には、十分現代のジャーナリズムに伍して生き抜く覚悟とヴァイタリティにことを欠いてはいないのである。

結局今度の全集を読むと、彼が如何に旧作に手を入れて、今日の彼のセンスで読んでも読むに耐えるものにして出しているかが分るのだが、この「良心」が彼の全集発行の決意を阻んでいた一番大きな理由だろう。といっても又この「良心」というのが彼の場合微妙であって、ここに井伏鱒二の素顔がひそんでいるのだが。

今まで私は最初から井伏の身辺にいて仕事をして来、彼のことは書き過ぎるほど書いて来た。今その決定版全集を座右におき、全部とまではいかなかったが、目ぼしいものを読み漁った。その結果色んな感慨が湧いたが、ただ残念なことに私の従来の井伏観を変えるような感想は思い浮ばなかった。思えば井伏も随分書いたものである。搾り取るように書いて来ている。私もその後について、搾れるだけ智恵を搾って彼について語って来た。今更改って井伏鱒二論もないのである。彼が決定版刊行に躊躇するのと丁度同じ気持で、私も井伏概論を書くのが億劫である。

「オレは小説を書くのが段々下手くそになるような気がする」とか、「君、蠅がガラス戸の中にとまって出たがっているだろう。隣の窓を大きく明けてそっちへ追ってやるのに、いつまでも同じ所でジタバタしている。小説の書出しってあんなものだね」とか、この種の話を限りなく聞かされる。そりゃ、あらゆる作家に各人各様の創作の苦しみはある。然し井伏のようにその都度独創的な苦しみをしている人はないように思える。恰も物を見る眼がいつも新しくなければならないように、彼の書出しの苦しみもマンネリズムに陥ってはいけないかのようである。彼は文章の表現に苦労するように、書けないことの表現にも苦労する。こういう風格は、およそユーモラスなどという形容は当らないのである。

全集に挾み込んである月報はどの場合にも大抵興味があるものだが、この全集のそれは、本文をさし措いて全部面白く通読した。読んで感じたことは、あらゆる執筆者が名随筆家になっていることだ。大体私は職業柄作家の解説を書くことが多いが、後で考えて見ると、いつも相手の作家の文体が私のそれに乗り移っているのである。然し井伏の場合のように伝染力《コンタジユウ》の強い作家はないであろう。それも初期の井伏は、郷里の方言をもじって独特のスラングを発明し、当時文壇の片隅で流行った「文体模写」なる欄で戯文化されたり、又あろうことかナンセンス作家なるカテゴリーに入れられたりしたが、今私がいっているのはそんな拵えた文体のことではなく、もっとものの見方の本質に関ることである。

やはりある巻の月報の中で安岡章太郎氏がいっている。

「……たしかに私たちは、ものを書くのに、戦前の人たちのような遠慮も気兼ねもいらなくなったようだ。しかし個性のある作家の個性的な文章に、まったく束縛されることがないかといえば、やっぱりそういうわけには行かない。誰の文章を神サマにするといった序列や権威づけの風習はなくなっても、文章の中の神サマはやはりちゃんと存在しているようにも思われる。たとえば私は井伏鱒二氏の文章を読んだあとでは、しばらくは自分の頭がすっかり〝井伏化〟されて、ふとヒトリゴトをつぶやいても、気がつくとそれは井伏氏の文章の一句に似ていたり、ものの見方や考え方が、みんな井伏的になってしまうのである。

では一体どういう具合に井伏化されるのか、井伏的とはどういうことか、と訊かれても、私にはハッキリしたことがこたえられない。洗脳という言葉があるけれども、井伏氏の文章は人を殴りつけたり、突き刺したりするのではなく、ジワジワと気づかぬうちに滲みこんでくるような洗脳力をもっている、などと漠然としたことしか言えない。」

私が特にこの文章を引くのは、安岡氏のように一見無造作で、しかも井伏的表現から縁遠いような作家にもこの思いがあるのかと感じたからである。しかも最後に井伏的とはどういうことかと問い尋ねて、結局洗脳力といった漠然としたことしかいえないと答えを逸らせているのは、逃げたのではなく、それしか答えがないのである。

ついでに別の月報にある武田泰淳氏の言葉を引こう。私は人の文章ばかり引用してお茶を濁しているのではない。安岡・武田両氏のように戦後活躍し出した作家に井伏がどんな影響乃至感動を与えたかの研究は、私の批評よりも生きた意味を持っているからである。

「ここ二、三日、私は北斎と広重との版画集のペエジをめくっては、夜と朝をすごしている。

そして今朝になって先生（註・井伏）が版画ならぬ文章の途において、この両画人と同じ歩み方をしていることを発見した。北斎よりは、むしろ広重。井伏文学をそう断判するのは、奇をてらわない先生の筆法からして正しいのではあるが、やはり「北斎的」な面《めん》をも見逃しては、先生の全貌をとらえることはできまい。両画人とも、よく歩きよく観察し、よくあまねく万物をえがいていて、北斎には、ゴツゴツした骨ッポさと驚倒させる異常な手法があり、広重には、しずかに浸《し》み通るような情味のこまやかさがあるにしても、彼らは自分流の『日本』を風景、人物、動物、植物、鉱物、時間空間のすべてにわたってツクリダシタ点では一致している。（中略）井伏氏の作品とて、とても情味のこまやかさだけでかたづけるわけにはいかないで、全人生の各時期において北斎的な『かさばった怪物性』を、版画風のおちついた藍色、青色、紺《こん》色の塗りかためやボカシのうちに発散しているのである。先生の『五十三次』や『三十六景』の秘密を完全に分析することのできた評論は、まだ一篇もあらわれていない。」

この最後の結びは、私のような「座附」の評論家には手痛い言葉で、忸怩たるものがあるが、それとは別に、武田氏の意図を汲むと、「先生」の日本的風景画の秘密がまだ誰にも分析出来ていないということは、そのイメージが安岡氏のいう井伏的なものの漠然とした洗脳力ということと、ほど遠くないものであることを感じるのである。

私が今度拾い読みして井伏の全作品について感じたことは、敢えて誤解される危険を冒していえば、彼は「冷たい」作家だということである。これは彼が人間的に温かい人だとか、その文章の現実への肉薄ぶりが、直接鋭く切り込むのではなく、柔く抱くような筆触であるのに対し、反対な表現のようであるが、私は殊更異を立てているのではない。私のいう「冷たい」というのは「冷酷」の「冷」ではなく、「冷厳」や「冷徹」の「冷」である。武田氏の例を借りれば、北斎は冷たい。あの冷たさである。

井伏の好んで用いる題材に「青ヶ島大概記」や「御神火」のような孤島の噴火、それから「ジョン万次郎漂流記」「漂民宇三郎」のような殊に旧幕時代の漂流譚がある。あるいは又「中島の柿の木」「侘助」のような洪水。これらは皆テーマは冷たい。そして成功作である。それを思えば、彼は性格的にも冷たいということが悪口でなく通用するであろう。

因みに今挙げた漂民物の中、ジョン万次郎は殆ど記録をそのまま使ったらしいが、宇三郎にはフィクションあるいは想像による場面がかなり挿入されているようだ。そして読み比べて前者の方がスッキリしている。つまり冷たさがじかに感じられる。

そんなことから考えてゆくのだが、井伏の文体は一見素朴であり、そこに彼の性格的な身上があるのだが、しかも実はその反対の、作為的で、人工的なものなのである。それは先程一寸いった彼の初期の拵え上げた文章ということに通じるのだが、「山椒魚」「鯉」「屋根の上のサワン」のような動物短篇は、昭和初期の変動期にはそういった文体に頼るような意識的なレジスタンスを用いねば成り立たなかったのである。彼は「冷たさ」によって自己を鎧い、同時に文章の純化を企てた。これは方法的にはかなり矛盾しているのだが、然し彼の不屈な精神はそれで貫き通した。そこには彼の異常なはにかみ性や、好悪の激しい嫌人性、それでいて人と正面衝突を避ける内面的性格が混り合い、複雑な風貌を呈していた。人は彼に空とぼけたナンセンス作家のレッテルを貼り、彼はむしろその方が気易いので、一応仮の座をそこに設けた。然し「冷たさ」が的確を求める心である以上、この茫漠とした表情を強いられることは辛かったに違いない。彼の書けない辛さが人一倍、あるいは人と類を異にするものであったことはそのためである。

　牧野信一は井伏を嘘つきだといって酒間面と向って責めた。習い性となったこの仮面を、敬愛する先輩から素地と誤られることは堪らなかったろう。しかも牧野氏は葛西善蔵直伝の悪質のからみ屋である。このいきさつは井伏自身思いあまって、二三随筆などのタネにしている。

　昭和十年代の初めは、井伏にとってその脱皮の時期であった。彼はナンセンス作家から、ユーモア文学を経て、彼独特のリアリズムに移ってゆくのだが、といってそこに突然の変貌や転向がある訳ではなく、人眼につくものは何も裏切らないで、内面的に地固めしてゆくのである。

これは彼の実生活的処世術にも現れているところで、彼のはにかみと芯の強さが呼応して、外貌を存したまま根本的な内部改革をやってのける。それは結果的にいって非常な意志の力だけど、外から見て悲壮な革命的なものは何も感じられない。そこには安岡氏のいう文章の神サマというようなものがあって、その一と筋にすがる彼を護り導くといった手しかなかったのである。

今度読んでも、初期の三つの動物短篇は非常にいいものだと思った。殊に「屋根の上のサワン」はいい。こんな秋空の抒情をこんな都会的な散文でやり上げた人があろうか。井伏の動植物に関する愛着や造詣は定評があるが、ここに囚われている雁はあくまで月明の澄んだ秋空の産物だが、画割は正しく早稲田鶴巻町あたりの陋巷（失礼！）である。そこへ雁を引きずり降したからこそ、雁の歎きの透明度が増すのである。そこにさっきいった井伏の文章の人工性があるのであって、単に素朴実在的に雁を描写したってこの哀愁は出て来ない。シラーの古典美学によれば「素朴」の対照をなすものが「感傷的《ゼンチメンターレ》」という概念だとかつて教わったが、この感傷ということを私は、文学的教養や近代的生活感情をつき混ぜて造り上げた心理的風土だと解している。それは当然雁の属性ではなく、鶴巻町の住人のそれでなければならない。井伏文学は、殊に初期には典型的な感傷文学であった。田園風物を都会人のセンスで謳った。よく身についている土の臭いを、何等かの知的アレゴリーの下に表現した。これが又、昭和初期の新興芸術派的風潮にもマッチしたのである。

それはとにかく、「屋根の上のサワン」の哀愁は後年の井伏の全作品を貫く基調である。この傷ついた雁に対する主人公の愛情は冷たいか温かいか？　その思いやりは温かいけど、態度は冷たいといったものがある。つまりこんな風に冷たく扱わねば温かさが表現出来ないというパラドクスが、文学の宿命である。井伏はこの宿命にじっと耐えることが出来る人である。それが時に人間的な冷たさに見える。晩年の太宰治が独り相撲でぶつかって傷ついたのは、そういう点である。

やがてサワンの哀愁が井伏の作品を導いてゆくのだが、そこに戦争体験が介入して、これが又彼の場合独自な役割をすることになる。前にいい落したが、ジョン万次郎と宇三郎の二人の漂民の違いは、その間に作者の戦争体験があったということも大きな役割をしているのである。宇三郎のあてどのない寂寥とダーエモンの大胆不敵な漂泊ぶりとの対照の如きも、井伏自身が戦時中シンガポールの漂民であったという体験によって裏づけられていることが明瞭に看取出来るのである。

ところで井伏の終戦後の第一作に「二つの話」という小説がある。今度私はそれを読返して何とも悲しい作品であると思い、同時にこの悲しさが敗戦期のそれであること、そしてそれが

「サワン」以来彼の文学の本質をなしていることを感じたのである。

この小説は必ずしも傑作ではない。テーマは井伏が戦争中よく訪れた甲府の一旅館に疎開学童がいて、その中の二人がいつも手離しで泣いているので、それを慰めながら考えついたといっている。何でも過去へ戻る通力を得て、この二人の子供の会いたい歴史上の人物、新井白石と秀吉に会わせてやる話である。まあその主題はどうでもいいのだが、その間あの時代の庶民に扮して、ある時は鎌髭の男につかまってお邸の池の蛙を叩く役をやらせられたり、聚楽の第では御茶道具番を仰せつかってお手討ちになりかかったり、何とも悲しい目に遭うのである。そこには徴用や疎開に伴なうあの頃の絶望的な生活が明らかに反映し、どうにもならない宿命的な憂鬱が描かれている。この冷酷さの中に井伏の涙が光っているのだ。だからこの小説の主題は強引で不自然だが、物語の素地をなす哀愁は、辛《から》さを通り越して独自の甘さを湛えているとも形容したいものがあり、これが井伏的なものの醍醐味であると思った。そこには夢の悲しさに似たものがある。夢というものは醒めて筋書を人に話したのでは悲しくも何ともなくても、先天的に悲しい夢というものはあるもので、それは美しい景色、美しい女というものがあらゆる形容を絶して存在するようなものである。そういった境地を現すのに、井伏の筆はどんな作家の追従も許さないものがある。

井伏の戦争文学の他の一典型は「遥拝隊長」であり、これは傑作である。この軍人精神のマニアである人物を復員者の世界に拉し来ってカリカチュア化した作品には、井伏の軍人というものに対する怒りと憎しみが激しく込められている。このモデルは彼が徴用されて南方へ行く船中の輸送指揮官からヒントを得たといっているが、何でも人との気まずい対決を回避してゆく井伏としては、こんな激しい怒りを作品の中へぶちまけたことは珍しいといわねばならない。井伏がシンガポールで山下奉文大将から面罵されたというのは有名な逸話だが、その時の彼の表情がこの小説の中で読みとれるのである。この怒りを内に籠めて読むと、「二つの話」の悲しさがしみじみ分るのである。この二作は井伏の戦争文学の両極端である。

大体年代順に編集してある井伏全集を次々に読んで来ると、ここ一二年のものがやはり格段の深味を示しているのを感じる。深味とは曖昧な言葉だが、それはそれ自体まだはっきり形をなすに至っていないからでもある。大体井伏文学が一応普遍的な形を整えたのは「多甚古村」あたりからだと思うが、それが最近大きく変って来て、老成の一形態を獲得しようとしているのではなかろうか？

それは随筆にも現れている。これは全集では小説の中に分類されているが、二年ばかり前に書いた「コタツ花」という短篇がある。反古伝という遊び人上りみたいな釣のうまい爺さんの語り口で、深山でマムシを取る話や、殊に台風の日にヤマカガシが風に揺れる枝から枝へ沢渡りする話なんか凄絶である。初期の動物短篇の角を丸くしたような文章から、この骨っぽい、滝つ瀬をなす文体に辿りついたことは、筆触の奔放という修辞の問題だけでなく、それこそ井伏の「冷たさ」ということが、そのままスタイルを得て仙骨を帯びて来た観がある。これはもはや北斎的なデフォルメされたカメラアングルであるよりも、足利期の水墨画の趣がある。これは画材もナマズや猿の飄逸ではなくて、蛇だということが似つかわしい、渓谷の霊気が漂っている。

私はこの機会に長篇「武州鉢形城」を通読した。雑誌で散読した時は纏りをつけるのに骨を折ったが、今度読んでそのアイディアが摑めた気がした。これも三年ばかり前の作だが、井伏の史伝物の中でも型破りのものである。筋は武州鉢形城址に近い弘光寺から取寄せた赤脂松を製材させたところ、鉄砲玉や矢尻が出て来た。そこで筆者と和尚さんが協力してこの城の歴史を調べるという想定である。城は北條の出城であって、石田三成その他の西軍に滅ぼされるのだが、物語は城の興亡ではなく、その城兵の一人の足軽の運命である。彼は偶然筆者と同郷の備後の者であることが分って興味をそそられるのだが、彼がどうしてこの城で働くことになるかといういきさつ、つまり戦国の庶民の生き方、身すぎ世すぎの手だてとして足軽業を営むものの処世術といったものが好奇心の対象になっている。

つまり対象は戦う庶民の姿であり、ということはわれわれの戦争体験ともつながり、又井伏文学の本領である庶民性の一応用でもある訳だ。ところでこの足軽の行動や行状は実録を解読してゆくことで次第に分ってゆくのだが、この小説は必ずしもそれを綴って一篇の歴史小説に仕立ててはない。筆者と和尚が解読してゆくその経過が、いわば描かれているのだ。といってこの二人が主人公でもない。現存する関東辺境の小城址の風物を背景に、そこへ身を寄せた遠国の足軽のイメージが二人の好事家の頭に蕩揺する、そこのところを作者は描きたいのだ。だからそれは一種の史的（又は詩的）雰囲気みたいなものだが、作者の野望は明らかにそれに肉薄するのに成功している。史伝としては多分に心境的なもので、古城をわたる松風のようにサラッとして残るものがないといった境地が作者の狙いといってもいいであろう。こういう心境は、例えば「さざなみ軍記」のような色気のあるものでは思いもよらぬものである。これが今後どう発展してゆくか、予想は慎しむが、作者としては徒な手すさびではないのであろう。

「コタツ花」や「武州鉢形城」を引合いに出したのは、井伏が今新潮に連載中の長篇「黒い雨」を紹介したかったからである。これは「姪の結婚」という題で始まり、途中で「黒い雨」と改題された。まだかなり続くらしいので、立ち入った作品評は控えるが、広島の原爆をテーマにした、重厚な、本格的な小説である。この歴史的な大事件を扱って、井伏は従来よくやったように「搦め手から」描くことをしていない。筋は、当時広島の叔父の家にいて同じ工場へ勤めていた姪が、原爆症の噂で五年経っても縁談が纏らない。運命の日の朝、彼女は偶然荷物疎開のため郊外にいたので、その経過を明らかにする手記を書かせると共に、叔父は市内の一駅で被爆して後遺症がある身だが、彼自身の手記も書いてゆく。この二人の思い出で当時の実況を描こうというのが、連載半ばの今までの梗概である。

　五年経った現在、二人は県下の農村で暮している。戦後のやや平静を取戻した日常性が背景に描かれるので、二人の今日の生活を見届けた読者は一と安心して残虐な叙述についてゆける。この作者の心遣いは利いている。これでもかと残虐さを発《あば》きたてた描写、怒りと憎しみをぶちまけた叙述——、そういった原爆小説は出尽したし、効果も薄い。この小説では、お馴染の井伏的庶民がたまたまこの惨禍に出遭ったのであり、しかも彼等は固有名詞を失った何万の罹災者ではなく、昨日と明日をつなぐ生活の一こまとして八月六日を迎えているので、その悲惨も生きる意志もよく分るというものである。悲惨の極にあって人間味のある珍しい原爆小説である。叔父さんは、同僚が次々に死んでゆくので、一夜漬で覚えた御経を上げて川原で火葬にしてゆく。こんな笑えないユーモアも利いている。何しろ姪の縁談のためという善意から出発したこの小説は、話が被爆の日に遡っても、叫喚の巷の中にこの善意が一貫し、この未曾有の惨禍を日常性のうちに描いたということだ。その点尋常一様のレアリズムでは達成出来ないことだと思ったのである。

「僕はバケツに覆いかぶさる恰好で洗い場へ手をついて、犬がするように顔を突込んで甘露々とばかりに、気がすむまで飲んだ。飲み初めを三度に区切って飲むべきことを忘れていた。ただ飲んだ。とてもうまかった。途端に涼しくなった。」

例えばこんな素朴な表現が、文中非常に光って見えるのである。それはつまり他の部分で抑制がきいているからである。そういったところが井伏的レアリズムというものである。この作品ではそれが特に目立っている。

勿論「コタツ花」や「武州鉢形城」はこれとまるで類を異にする作品だが、これらのユニークな所以を味わいながら「黒い雨」に達すると、「やったな」といいたくなるものがある。原爆も残虐物語の一つだが、「黒い雨」は以前の噴火や漂流や洪水と違って、いわば井伏自身の生活の上に築かれた異常な事件を語ったといったものがある。勿論事件は深刻だし、それを語るのは苦渋に満ちていることはよく分る。然し井伏は、ともかく已れを語るようにこの不幸な事件を語る緒《いとぐち》を獲ている。それには井伏鱒二全集十二巻が必要だったのである。

昭和四十年十二月

解説

島村　利正

この「場面の効果」に収められている三十六篇の作品は、井伏さんが小説を発表されはじめた、昭和の初期から現在にいたるまでの、数多くの作品のなかから、随筆風の短篇ばかりを主として選んだものである。

井伏さんの私小説風の短篇には、その作品の性質上、随筆風の味わいのものもあるが、同時にまた、随筆風に見える作品にも、すぐれた短篇小説としての味わいが、おのずから備っているように思えるのである。井伏さんの多くの仕事の集積と、ひろがりをふり返ると、深山に源をもつ谷川が、次第に清流を形成してゆくような趣きを覚えるのであるが、この「場面の効果」に収められている随筆風の短篇は、そのながれのところどころに、さり気なく点在する、水苔もあざやかな、見事な岩の感じを思いおこさせるようである。

井伏さんの仕事の本流とその特質については、河上徹太郎さんが、井伏さんの全集十二巻（筑摩書房刊）の完結を記念して、雑誌「新潮」に発表された、もっとも新しい「井伏鱒二論」ともいうべき「井伏鱒二の途」を、特に乞うて、巻末に収録させていただいたので、それによって、その大要を知ることが出来ると思われるが、この「場面の効果」に収められている随筆風の作品には、井伏さんの素顔が、そのままうつし出されており、そういう角度から、井伏さんの文学を理解する上で、たいへん貴重な意味を持っているように思われるのである。

さて、全篇を四つのグループに分けてみたが、1の「田園記」からはじまる六篇は、井伏さんの故郷に関するものが多い。井伏さんは六歳のときに父をうしなっているが、「田園記」と「肩車」は、共に、その父のことを回想した作品である。井伏さんの記憶によると、井伏さんの祖父は、養子であった父に、ほとんど家業らしい家業を手伝わせなかったものらしい。蔵の中にしまいこまれてあった書画骨董類の目録をつくらせる程度で、あとは、病弱であった兄を伴って、名勝の保養地、鞆の津へよく出かけて留守のことが多く、その間、自然に、井伏さんはお祖父《じい》さん子となって、祖父からは溺愛されたもののようである。この「田園記」にあるように、父は井伏家にはいる前は、そのころの文学好きの青年であった。井伏さんの兄も文学好きであったが、長男であり病弱のため、その道に進むことが出来ず、また父は遺書によって、子供達が文学へ進むことを固くいましめているのであるが、井伏さんは兄の理解とはげましによって、作家としての道へ進むことが出来たわけで、結果からみれば、父と兄の文学の血が、井伏さんにいたってはじめて開花したともいえるわけである。

「書画骨董の災難」は、井伏さんを溺愛した祖父のことを描いた作品であるが、ニセものばかりというたくさんの書画類は、いまでも郷里の蔵のなかにそのまま蔵いこまれており、井伏さんは、ワザとニセものばかりを集めたような、と言う表現を使っているが、祖父は子供であった井伏さんが病気のときなど、その枕もとに自分の好きな富士山の茶掛をかけ、一緒にながめながら慰めてくれた記憶があり、その祖父の感じが、別なかたちで、あたたかく心にのこっているようである。なお祖父の溺愛ぶりは相当なものであったらしく、そのころラッパのついた蓄音機を兄弟でかけると、「満寿二（本名）のかけた方がいい音色が出るぞ」と、言ったそうである。

「夏の狐」は、そのころの田舎の山村によく見られた、思春期のそういう女を描いて、妖しいような色彩りがあるが、井戸の底から発見された水晶は、近くの山の赤土の崖から、子供の頃の遊び友達だけが見つけ出していた、寸胴の六角型の水晶だったという。「おふくろ」は、井伏さんの父、祖父、兄というように、男の肉親がだんだんに亡くなってしまったあと、未亡の兄嫁と郷里で過す老母のことを描いたものであるが、井伏さん独特のユーモアにかくされた母への愛情は、読後いっそうふかく心にのこるようである。

2の「場面の効果」は昭和四年の作品で、この集のなかではいちばん初期のものであるが、同じこの年に井伏さんの初期の代表作とされている「山椒魚」が正式に発表され、また「屋根の上のサワン」も、つづいてこの年に発表されている。この作品に出てくる石山龍嗣氏は、井伏さんの青春時代にとって忘れ得ぬ人のようで、ほかの随筆にもその横顔が仔細に描かれている。なお偶然のことながら、このときの映画監督、牛原氏の兄に、井伏さんは郷里の中学校で英語を教えて貰っている。「悪戯」は井伏さんが中学生のころ、森鷗外の「伊澤蘭軒」の史実について、鷗外に直接手紙を出すはなしである。このなかの朽木三助のペンネームは、兄がつけてくれたということである。「上京直後」では、井伏さんの姿がはじめて東京へ現われてくる。「早稲田界隈」は昭和三十年になってからの回想であるが、「上京直後」につづく当時の早稲田風景がなつかしく語られている。「フジンタの滝」は、実際には「フジヌタの滝」であるが、土地の人の発音どおり、フジンタとしたものの由である。甲州に材をとった、井伏さんの作品は相当の数があるが、この集では「フジンタの滝」と、3の「塩の山・差出の磯」、4の「点滴」の三篇を、それぞれの角度から収録したものである。

「私の鳥籠」では、岩野泡鳴の知られない面が語られているが、泡鳴は仙台に在学中ある女性に失恋して、青葉城の崖から飛降り、藤づるにかかって、失神しながらも辛じて助かったという秘話もあるそうである。「パパイヤ」は井伏さんが、昭和十六年から約一年間、南方派遣軍の報道班員として徴用され、そのときの経験を描いた作品のなかから選んだものである。森鷗外の言葉に「塹壕のなかのことは語らない」という有名な言葉があるが、南方の記録は、そういう意味で、ある一面しか描くことが出来なかったと、井伏さんは言っておられる。この「パパイヤ」に出てくる少女は、あとからわかったことであるが、現地では有名な、その種の女であったそうである。

次の「引札」のなかに出てくる最初の挨拶文は、佐藤春夫氏の手になるものであり、「まりや」の引札は古谷綱武氏であり、また「はせ川」の挨拶文は久保田万太郎氏の由である。「アスナロの木」では、樹木や植物にくわしい井伏さんの一面がうかがわれるが、この福山城が爆撃で炎上したとき、井伏さんは十二キロほど離れた郷里の山の上から、その夜空の明りを山越しに望見することが出来たそうである。「源太が手紙」と「め組の半鐘」は、すぐれた短篇小説のように、余韻の高い作品である。「め組の半鐘」では伊豆の三宅島のことが出てくるが、井伏さんは、小説「青ヶ島大概記」や随筆「三宅島」などの作品でもわかるように、郷里の瀬戸内の島とは趣きの違う、伊豆の島々には、ふかい興味をもって実際に探訪の足をのばしており、流人の島でありながら、島人と流人がお互いに助け合って暮していた事実などを探り出している。流人の画家、英一蝶が三宅島で酒屋を営み、江戸の親に仕送りをしていたという事実や、いまではよく知られている、一蝶の二十四孝を描いた大きな奉納額のこと、そして無人の舟で流れついたという藤原仏のことなど、随分早くから知っておられたようである。

「日曜画家」では、もともと絵を書くことの好きだった井伏さんの、絵心復活で、六年間ほどこのアトリエに通ったそうである。そしていまでは、自分の好きな絵がはっきり限定されてきたことと、それと同時に、絵とか古い道具類を集めたい気持が、不思議なほど、消え失せてしまったということである。

「御高評」は、釣人の心理を心にくいまで描き出しているが、釣好きの井伏さんの作品としては、このほか3の「湯河原沖」「グダリ沼」「三浦三崎の老釣師」「庄内竿」の四篇を収録した。

3の「志賀直哉と尾道」は、志賀さんの「暗夜行路」に出てくる、尾道の仮住居旧宅を訪ねるはなしであるが、このとき井伏さんは、尾道の町なかで、中学の上級生であり、俳句の投書をよくしていた下見喜十氏に偶然逢い、そのひとに案内して貰ったそうである。この下見氏はそのとき尾道の警察官をしており、林芙美子が尾道へ講演に行った時、危険思想の持主とみて、彼女を尾行した経験もあったということである。

4の三篇は、太宰治に関係した作品である。三篇ともそれぞれ違った角度から太宰の姿を描いているが、「琴の記」は井伏さんの、太宰への愛情のふかさが偲ばれて、心のうたれる作品である。

昭和四十一年九月

（編集部付記）

本書中に、現代においては不当、不適切と思われる語句・表現がありますが、書かれた時代の背景を重んじ、著者の表現をそのまま用いております。

場面《ばめん》の効果《こうか》

一九六六年一〇月一五日　第一刷発行
二〇一二年四月一〇日　新装改訂版第一刷発行

著者　井伏鱒二《いぶせますじ》
発行者　佐藤靖
発行所　大和《だいわ》書房
東京都文京区関口一-三三-四　〒一一二-〇〇一四
電話番号　〇三-三二〇三-四五一一
郵便振替　〇〇一六〇-九-六四二二七
装丁　寄藤文平（文平銀座）
印刷　信毎書籍印刷
製本　ナショナル製本

ISBN978-4-479-88040-0

http://www.daiwashobo.co.jp